AF372019

Devoción

PABLO d'ORS

Devoción

Galaxia Gutenberg

Galaxia Gutenberg,
**Premio TodosTusLibros
al Mejor Proyecto Editorial, 2023,**
otorgado por CEGAL (Confederación Española
de Gremios y Asociaciones de Libreros).

Publicado por
Galaxia Gutenberg, S.L.
Av. Diagonal, 361, 2.º 1.ª
08037-Barcelona
info@galaxiagutenberg.com
www.galaxiagutenberg.com

Primera edición: febrero de 2025

Preimpresión: Maria Garcia
Impresión y encuadernación: Romanyà-Valls
Sant Joan Baptista, 35, La Torre de Claramunt-Barcelona
Depósito legal: B 50-2025
ISBN: 978-84-10317-23-9

Para Gonzalo Rodríguez-Fraile,
con mi admiración, agradecimiento y amistad

EL PEREGRINO RUSO

Versión de Pablo d'Ors

«No dejaremos de explorar,
y el fin de toda nuestra exploración
será llegar a donde empezamos
y conocer el lugar por primera vez.»

T. S. ELIOT

ACTO I

La oración del corazón

1. EL TERRATENIENTE PIADOSO

Un día entré en una iglesia para rezar y, durante la misa, escuché esta frase: «Orad sin cesar». Estas tres palabras –orad sin cesar– se me quedaron tan grabadas que me puse a pensar cómo podía ser posible eso de orar sin interrupción, cuando en la vida todos hemos de estar ocupados en tantos asuntos y tan diversos. Así que salí de la iglesia preguntándome si encontraría a quien me lo explicase y, como no podía quitármelo de la cabeza, dos días después me puse en camino en busca de quien me diera alguna luz. Fue así como me convertí en peregrino.

¿Que quién soy? Por la gracia de Dios, soy cristiano; por mis actos, indudablemente un gran pecador; lo que voy descubriendo es que por vocación soy peregrino, pues siempre voy errante, de un lado para otro. Sólo poseo la palabra y el pan: en el pecho, bajo la camisa, la santa Biblia y la *Filocalia*, mis libros; a la espalda, un zurrón de pan seco... ¡Nada más, pero tampoco menos!

*

En mis pesquisas iniciales, de quien primero tuve noticia fue de un piadoso terrateniente que vivía en el pueblo de al lado. Me informaron de que aquel buen hombre apenas salía de su casa, pues no hacía otra cosa que leer libros piadosos y rogar a Dios en una pequeña capilla que se había hecho construir a este efecto.

Aquel terrateniente me sonrió en cuanto me tuvo frente a él.

–He oído decir que sois una persona devota y juiciosa –le dije a modo de saludo–. Por eso os pido que me expliquéis, si sois tan amable, qué significa eso que dice el Apóstol de «Orad sin cesar». ¿Cómo es posible algo semejante, teniendo siempre todos tanto que hacer?

Volvió a sonreírme. Todavía estoy viendo su amplia sonrisa.

–No soy a quien buscas –me respondió tras un compás de espera bastante largo–. Yo no tengo letras para responder a una pregunta como ésa, tan profunda. –Y siguió sonriéndome, con infinita dulzura–. Pero a pocas verstas de aquí hay un párroco cuyos sermones son los mejores que he escuchado nunca. Él te explicará qué es la plegaria, cómo realizarla y cuáles son sus frutos.

Acto seguido, como si yo fuera un mendigo, mandó a uno de sus sirvientes que me diera algunas viandas para el camino, pese a que insistí en que no necesitaba nada. Acepté también una hogaza caliente, que agradecí y metí en el zurrón; pero él, al verlo tan agujereado, se empeñó en sustituírmelo por uno más sólido y mejor, cosa por la que también le di las gracias.

Luego se despidió de mí con la misma sonrisa con la que me había recibido. No me atreví a seguir preguntándole –como habría deseado–, puesto que me hizo ver que le importunaba. La verdad era, sin embargo, que aquella conversación acrecentó en mí la irresistible inclinación a lo espiritual que experimento desde que era un niño.

2. EL PÁRROCO LENTO

Era un día claro de verano y las campanas llamaban a la misa.

–No hace falta que corras –me dijo un paisano, al ver que me apresuraba–. Tienes tiempo de sobra, puesto que en este pueblo el párroco es muy parsimonioso y la ceremonia, larga –me advirtió.

Tenía razón: la liturgia duró mucho, pues el celebrante, pálido y macilento, ofició con exagerada lentitud. Sin embargo, pronunció un sermón tan lleno de sentimiento que me emocionó.

–¡Con qué piedad decís el oficio, padre –le dije una vez que hubo concluido–, y qué despacio!

–Sí –me respondió él, mirándome de reojo–; y eso que sé que a los feligreses no les gusta y refunfuñan. Pero no puedo evitarlo. Me encanta paladear cada palabra de la plegaria eucarística, antes de pronunciarla en voz alta.

Estábamos en la sacristía. De la pared que tenía enfrente colgaba un icono maravilloso y una cruz de tamaño casi natural.

–Reconozco que me gusta leer –admitió el párroco, entre complacido y abochornado, mientras yo, que había estado admirando el icono, me entretenía ante una estantería llena de libros.

Cuando se despojó de la casulla y del alba, tomamos asiento ahí mismo ante una gran mesa circular. Él entendió que le pedía confesión, aunque lo único que yo quería saber era qué hacer para estar en permanente conexión con Dios.

*

En cuanto le hube formulado mi inquietud, aquel sacerdote lento –pues era muy parsimonioso en todo, no sólo en la misa–, extrajo de un cajón de su escritorio un libro muy grueso, advirtiéndome que era muy valioso.

–A todo el que me dé diez cópecs, le leo cuanto quiera sobre cómo será el juicio final de Dios y sobre los tormentos que sufriremos en el infierno –comenzó diciéndome entre risas secas y forzadas.

Pero luego se le mudó el rostro.

–Te confieso que cuando leí cómo los gusanos, en medio del fuego eterno, se comerán a los pecadores, me asusté tanto que, desde entonces, me asaltan pensamientos obsesivos.

Luego se me aproximó exageradamente y me preguntó en voz baja, como si alguien pudiera estar tras la puerta, escuchándonos.

–¿Tú crees que será verdad lo que dice este libro? ¿Tú crees que resucitaremos?

Me quedé sorprendidísimo ante esta interpelación. No imaginaba que un tipo de su condición, y más después de haberle visto celebrar con tanta unción, tuviera semejantes dudas.

Pero él no esperó mi respuesta.

–De alguien que hace cien años o más que murió ya no quedan ni las cenizas. Nadie ha vuelto del otro mundo, así que… ¡quién sabe si el ser humano, cuando se muere, se pudre y desaparece de la faz de la tierra para siempre, sin dejar rastro!

Aquel párroco, incrédulo y devoto al mismo tiempo, logró escandalizarme.

–Este libro –y dejó caer su mano sobre él, asustándome– lo escribieron los curas para hacer que vivamos aterrorizados y en sumisión. –Y se rio de un modo horrible, como nunca imaginé que pudiera hacerlo un clérigo–. De esta forma, pasas la vida en medio de penas y trabajos sin ningún consuelo y, para colmo, en el otro mundo… ¡no habrá nada!

Una vez más cambió de semblante, palideciendo de forma aterradora.

–Te confieso que todos estos pensamientos me atormentan –concluyó, y me miró, ahora sí, esperando de mí alguna reacción.

Al oír aquel relato, no pude por menos de compadecerme. Yo había oído lo escépticos que suelen ser los sabios y librepensadores; pero la verdad es que… ¡también entre los clérigos se incuba el escepticismo y la incredulidad! Aquel párroco era un hombre muy complejo para mí, y así se lo dije. Su alma poliédrica tendría su propio camino hacia Dios, pero no era, ciertamente, el mío. Así que tuve que reemprender mi búsqueda sin saber muy bien adónde ir.

Pero lo que buscaba no estaba lejos. Nunca está lejos lo que buscamos si es a Dios.

Antes de partir, le pedí su bendición, que él me dio con extrema lentitud, tal y como había celebrado la misa.

3. EL ABAD HOSPITALARIO

Tras el encuentro frustrado con aquel párroco atormentado, mis deseos de adentrarme en la oración llegaron a ser tan intensos que, sencillamente, me impedían conciliar el sueño. Por fortuna, doscientas verstas más adelante, llegué a un monasterio, de cuyo reputado abad se decía que era muy virtuoso y hospitalario.

—He oído que hay que orar en todo momento, pero no sé cómo hacerlo —le dije cuando finalmente me recibió, cosa que no fue tan sencilla—. Os ruego, padre mío —dudaba sobre cómo tratarle—, que me lo expliquéis.

Fui todo lo breve que pude, pues me advirtieron que aquel abad era un hombre ocupadísimo y que, en consecuencia, no debía robarle más tiempo del imprescindible.

—No lo sé, querido hermano —me respondió él—, yo no sé nada de todo eso.

Me sorprendió muchísimo que un hombre consagrado y, por si esto fuera poco, el máximo responsable de un monasterio, me dijera, con toda naturalidad, que él, sobre ese asunto de la oración, no tenía la menor idea. Me sorprendió incluso que también él, como el terrateniente piadoso, me sonriera mostrándome las palmas de las manos y alzando las cejas. Pero no todo terminó ahí.

–Agradece a Dios –me dijo entonces– que haya encendido dentro de ti esa irresistible inclinación hacia la plegaria continua. Reconoce en ello la llamada de Dios; pero, por favor –y alzó el dedo índice–, tranquilízate. La propia plegaria te revelará cómo orar sin detenerte –me aseguró–; pero para eso hace falta tiempo, muchísimo tiempo. –Y sacudió las manos para que me hiciera cargo de los muchos años que necesitaría para alcanzar lo que buscaba–. Reza siempre, reza más y con más fervor –me dijo también para, acto seguido, acompañarme a la puerta y extenderme su mano para que besara su anillo–. Discúlpeme por haber hablado tanto –me dijo todavía, una vez que se lo hube besado–. Los santos padres afirman que la conversación, aunque sea piadosa, no es más que parloteo si dura demasiado. Ruega por mí –me pidió, sacudiendo un pañuelo con el que terminaría sonándose–, para que Dios, en su infinita misericordia, me ayude en el gobierno de este monasterio.

No se olvidó de invitarme a que pasara con ellos el tiempo que me pareciera oportuno. Su fama hospitalaria no era infundada, eso desde luego; pero en sus palabras no encontré el consuelo que buscaba.

–Mi reposo no depende de un techo, sino de una enseñanza espiritual –me atreví a decirle, al menos esta vez no me quedé callado–. No necesito comida, tengo mucho pan seco en el zurrón –mi falta de comprensión me resultaba cada vez más dolorosa.

–¡Que la gracia divina te acompañe durante tu viaje –me deseó–, como el ángel Rafael a Tobías!

Salí de aquel locutorio con la impresión de que el mundo se había vuelto completamente loco: los sacerdotes, que deberían ser un ejemplo de fe, viven atormentados por las dudas; los monjes, que se consagran a Dios, viven ocupadísimos sin tiempo para escuchar a los demás. Aquel santo abad, supuestamente experto en oración, ¡no me había aclarado nada! «A la hora de orar, no acertamos ni en el qué ni en el cómo», dice san Pablo. Pues ésa era, exactamente, mi situación.

Me disponía a abandonar aquel monasterio con mi sed de Dios intacta cuando uno de los monjes, el hermano portero, al verme tan desolado, me invitó a que le acompañara.

Nunca habría imaginado que pudieran existir celdas tan diminutas como aquella a la que me condujo. En aquel cubículo monacal sólo había un catre, una tabla, que hacía de mesa, y una banqueta, en la que me invitó a que me sentara, manteniéndose él en todo momento de pie.

–Todo se encuentra en el interior –me dijo entonces el hermano portero–. Y, sin embargo, ¡qué ciegos somos! La mayoría –y por primera vez me miró a los ojos– no quiere saber nada de la gracia.

–¿Y qué hay que hacer para conseguirla? –le pregunté yo entonces, con un atisbo de esperanza–. Parece algo muy difícil para lo que se requiere muchísimo tiempo. –Y sacudí las manos como poco antes lo había hecho el padre abad, para que también aquel buen hombre se hiciera cargo de la dificultad.

–No es difícil en absoluto –me respondió con aplastante seguridad–. Para iluminarse basta con tomar un texto de la *Filocalia*, cualquiera, y concentrarse en él con la máxima atención. Debe ser un texto breve, eso sí, y debe uno repetirlo sin cansarse durante cierto tiempo, para que el alma destile bien todo su contenido.

–¿La *Filocalia*? –pregunté yo, picado en mi curiosidad.

–Es un libro que contiene la información completa y detallada sobre la oración continua –me dijo él muy amable, mientras me extendía un volumen de lomos dorados y cubiertas desgastadas–. Encontrarás aquí lo que andas buscando. Es un tratado tan elevado y provechoso que… –y pensó cómo continuar– te liberará del sufrimiento.

Le miré con cierta reserva, no pude evitarlo.

–Así, pues, ¿sus enseñanzas son más elevadas y santas aun que las de la Biblia?

–No, no es que sea más elevado ni más santo –me respondió el monje portero–, pero explica con claridad lo que la Biblia, como bien sabrás, dice de manera bastante enigmática.

*

Acto seguido buscó un sermón, escrito por un tal Simeón, y empezó a leérmelo con parsimonia.

–Siéntate en silencio y en soledad, yergue la columna, cierra los ojos, respira lentamente, mira dentro de tu corazón y, al inspirar, di: «Señor Jesucristo», y, al exhalar, «ten piedad de mí».

Yo, admirado, le escuchaba con atención.

—Señor Jesucristo, ten piedad de mí —repetí, inspirando y expirando, tal y como me había dicho.

Tuve de repente la certeza de que aquel portero de aspecto tosco era un auténtico *staretz* o maestro. Tuve el convencimiento de que me estaba brindando, en aquella consigna tan simple, lo que con tanta ansia había ido a buscar.

—La llamada oración de Jesús es la invocación de su nombre con los labios, la mente y el corazón, orientándonos con toda el alma hacia Dios —me explicó él—. Debe recitarse en todo momento —me advirtió—, incluso mientras dormimos. Quien se acostumbra a esta invocación, siente un gran consuelo y la necesidad de pronunciarla siempre.

—Señor Jesucristo, ten piedad de mí —repetí yo.

Era sólo la segunda vez que la recitaba, pero ya experimentaba el consuelo y la alegría que aquel sabio monje me había asegurado que podía reportar.

—La plegaria te guiará hacia el acto recto y justo —continuó él, consciente de cómo me bebía sus enseñanzas—. Para la salvación no es necesario nada más que la plegaria continua. —Y alzó los ojos al cielo, apuntándolo—. ¡Reza y haz lo que quieras!

Reza y piensa lo que quieras, pues tu pensamiento se purificará por la plegaria. La plegaria iluminará tu mente; también la calmará y alejará todos los pensamientos inconvenientes. Reza y será la propia plegaria la que destruya las pasiones que estés padeciendo por dentro. Así que reza y no tengas miedo de nada en absoluto. No temas las desgracias y que no te asusten los supuestos infortunios. La plegaria te defenderá y los ahuyentará.

Pasamos toda la noche conversando: mi corazón estaba radiante, pues en pocos minutos había comprendido, y para siempre, el secreto para llevar una vida de oración.

Sin haber dormido, acudimos a maitines.

–¡Dios le bendiga! –tuve tiempo de decirle, antes de que aquel hombrecillo, que Dios mismo había puesto en mi camino, se perdiera tras un largo pasillo para unirse al coro monástico.

5. EL GUARDIA FORESTAL

Habiendo encontrado el estilo de oración que buscaba, sólo me quedaba empezar a practicarla. Fue sentir aquel deseo y ver ante mí a un perro, que salió corriendo quién sabe de dónde. Le llamé, se me acercó y empezó a lamerme y a juguetear conmigo.

¡Esto demuestra la bondad de Dios!, pensé, convencido de que cerca pacería seguramente un rebaño y que aquel perro pertenecería a un pastor, a quien podría pedir un humilde alojamiento.

Al ver que no le daba nada, el perro se fue corriendo por el mismo sendero del que había salido y yo le seguí hasta que me condujo hasta un hombre de mediana edad. Me presenté y enseguida nos sentamos junto a unas piedras, donde conversamos afablemente, como si fuéramos viejos amigos.

Empezó a contarme que era guardia forestal desde hacía casi dos años, pero le interrumpí antes de que pudiera contarme nada más.

–Te envidio –le confesé abiertamente–. Puedes vivir aquí tranquila y solitariamente, alejado de todo el mundo. Yo, en cambio –me lamenté–, ando errante de un lugar a otro.

–Si quieres –me dijo él tras escuchar aquello–, si quieres puedes vivir aquí mismo, en una vieja casita, cerca de la mía, que perteneció al guardia anterior. Es verdad que está un poco derruida y destartalada –admitió–; pero, si no eres muy exigente, podemos acomodarla. Además –añadió, como si no hubiera sido suficiente con todo lo anterior–, a mí me hará feliz poder verte de cuando en cuando y compartir contigo lo que tengo.

Le miré con incredulidad. Sentí deseos de abrazarle.

–Este riachuelo –y me lo señaló– no se seca nunca, y el agua es fresca y cristalina. Lo único –me advirtió– es que, cuando los aldeanos terminen su trabajo, en otoño, vendrán a talar el bosque y para entonces ya no nos permitirán que nos quedemos.

No sabía cómo dar gracias a Dios por su inmensa bondad. Había bastado que deseara un lugar en el que practicar la oración continua para recibirlo inesperada y gratuitamente. Faltaban todavía más de cuatro meses hasta mediados de otoño y, por tanto, durante todo ese tiempo muy bien podía aprovechar el silencio de aquellos bosques para la oración y la lectura de la *Filocalia*. Así que, para sellar nuestro pacto, estreché la mano de aquel guardia forestal, tan hospitalario, y me quedé donde me había asignado, en la cercanía de un río y bajo el amparo de unos grandes árboles.

*

La casita que me asignó, más bien la cabaña, era miserable, todo hay que decirlo; pero sólo con verla me llené de felicidad. Me parecía que aquel lugar era perfecto para entrenarme en la plegaria interior en la que había sido iniciado por el hermano portero. Por estar cerca del monasterio –ésa era la gran ventaja–, si necesitaba verificar mi progreso, podría fácilmente visitar a mi *staretz* particular.

Debo decir que los primeros días todo fue muy, muy bien. Recitaba «¡Señor Jesucristo, ten piedad de mí!», prácticamente a toda hora, no sólo cuando me quedaba quieto. Cuando me disipaba –cosa que no era infrecuente–, sencillamente volvía una y otra vez a mi fórmula o jaculatoria, según se me había aconsejado.

Al cabo más o menos de una semana, sin embargo, sentí una gran fatiga y mis pensamientos se volvieron sombríos. La plegaria, que hasta entonces me había brotado con facilidad, comenzó a resultarme pesada y, más que eso, prácticamente insoportable. Era una pereza difícil de vencer la que sentía, un aburrimiento infinito y, sobre todo, un sueño invencible. Aunque pasaba el día con una terrible somnolencia, bastaba que me echase en el catre para que ese agotamiento se esfumara y me sobreviniera, por contrapartida, un aluvión de imágenes y pensamientos. Afligido, fui al encuentro de mi *staretz* y, una vez más en la diminuta celda de su abadía, le expuse mi descorazonamiento.

–Al rezar siento a veces una gran alegría que ni yo puedo explicarme –le confesé, en cuanto estuve ante él–; otras veces, sin embargo, experimento opresión, tedio y melancolía. A pesar de todo, ya no dejaré de rezar hasta que me muera. Sólo eso me parece que tiene sentido.

–Según los santos padres –me contestó él–, todo lo que te suceda mientras oras o meditas, sea ligereza u opresión, gozo o aburrimiento, es bueno. Ninguna plegaria, buena o mala, se pierde para Dios. Si sientes calidez y dulzura, es que Dios recompensa y consuela tu esfuerzo; si tristeza o aridez, por el contrario, entonces es que Dios purifica y fortalece tu alma, poniéndola a prueba.

–Sí, pero mi pereza… –argüí yo, y le di cuenta de lo invencible que me resultaba.

–Esto, querido hermano –me dijo él, sin dudarlo ni un segundo–, es la lucha que sostiene el mundo contra ti. –Y puso su mano sobre mi hombro, posiblemente para darme consuelo–. Nada asusta tanto a los demonios como la oración del corazón –me advirtió, y luego, poniendo su oído muy cerca de mis labios, me exhortó a que me desahogara.

Le relaté los pensamientos e imágenes que me habían estado asaltando durante la última semana mientras recitaba, lo más constante y devotamente que podía, mi jaculatoria.

–Cuando murieron mi padre y mi madre –comencé–, mi hermano mayor y yo fuimos a vivir con mi abuelo. El temperamento de mi hermano y el mío eran totalmente opuestos: él se pasaba el día correteando por los campos y por el pueblo; yo, en cambio, me quedaba siempre tranquilamente en casa, sentado junto al abuelo.

Mi *staretz* asintió. Me escuchaba como nunca he visto escuchar a nadie. Asentía a cada rato, como si comprendiera bien lo que le estaba contando. Como si en el fondo ya lo supiera.

–Una tarde, mientras estábamos jugando, mi hermano me empujó adrede y me hizo caer, provocando que me lastimara el brazo. Desde entonces hasta hoy, ya ve –y se lo mostré–, no he podido utilizarlo. Quizá porque se me quedó paralizado, viendo que ya no podría realizar ninguna clase de trabajo manual, mi abuelo me enseñó a leer; y, como no teníamos otro libro, mi abecedario fue una Biblia, que es la misma que tengo ahora.

–Durante algunas semanas –me interrumpió mi *staretz*–, todo tu pasado saldrá mientras rezas. No es para fastidiarte, sino para que lo sanes. Pero luego, no tengas cuidado, todo eso pasará.

Y me soltó esta sentencia, que se me grabó a fuego:

—Las sombras acechan al alma que comienza la vía contemplativa. ¿Las soportarás?

Asentí. Pero en realidad no tenía ni idea de qué sería lo que habría de soportar.

*

Mi maestro dijo entonces algo que me llenó de esperanza.

—Orar quiere decir dirigir la mente y la atención al recuerdo constante de Dios, uniendo el nombre divino a la respiración. Antes o después, depende de ti, se te abrirá la puerta del corazón. No albergues al respecto ningún género de duda. Está demostrado. Lo he verificado en mí mismo y en tantos a quienes acompaño.

Aquellas pocas frases me insuflaron tantos ánimos que deseé encontrarme ya en la miserable cabaña del guardia forestal, para ponerme a rezar de inmediato tal y como se me había enseñado.

—Aquí tienes un rosario con el que podrás decir, para empezar, tres mil plegarias al día —me dijo él, al tiempo que me acompañaba a la puerta de su cubículo—. De pie, sentado, andando o acostado, di continuamente en voz baja y sin prisas: «Señor Jesucristo, ten piedad de mí». Recítalo exactamente tres mil veces al día, no añadas ni suprimas ninguna. No ceses en la invocación continua, aunque tu corazón ande todavía distraído y ocupado por las pasiones.

Volví a asentir y, sin poder evitarlo, me arrojé súbitamente a sus pies para agradecerle su bondad. Acto seguido, regresé a toda velocidad a mi cabaña, preso de una extraña felicidad.

7. EL HERMANO INCENDIARIO

Tal y como mi *staretz* me había prescrito que hiciera, tres días después regresé al monasterio para nuevamente contarle todo lo que me había sobrevenido mientras rezaba. Una vez más me habían asaltado recuerdos remotos, sobre los que no había vuelto para recapacitar: pasajes de mi pasado que había vivido sin preguntarme por su significado y, en consecuencia, sin comprender su causa.

–Justo el día de mi decimoséptimo cumpleaños, murió mi abuela –comencé diciendo–. Recuerdo las palabras de mi abuelo como si las estuviera repitiendo ahora: Ya no tenemos al ama y, ¿cómo nos las arreglaremos sin una mujer? También me dijo que de mi hermano mayor no esperaba ya nada, pues la bebida lo estaba echando a perder. Y que deseaba que yo me casase.

Mi *staretz* me miraba dulcemente. Nunca he conocido a nadie con su paciencia.

–Me negué a casarme –proseguí explicándole–, aduciendo que era un tullido. Pero mi abuelo me aseguró que ya me había escogido a una chica buena y formal y que no había nada de qué discutir. Tiene veinte años, me dijo, como si ésa fuera una razón de peso para tomarla por esposa; y no te preocupes, puesto que aprenderás a quererla. Así que me casaron, aunque eso no estuviera en absoluto en mis planes.

Me pareció que mi *staretz* quería decirme algo, pero se mantuvo en silencio, redoblando su atención. Por primera vez en mi vida tuve la impresión de que mi historia era importante.

–Cuando medio año después mi abuelo enfermó de muerte, me hizo acercarme al cabecero de su cama para que me despidiera de él. Fue allí donde me dijo, con un hilo de voz, que me dejaba en herencia la casa y todo su patrimonio. Lo que más me impactó, sin embargo, fueron sus últimas recomendaciones: Vive de acuerdo con tu conciencia y, sobre todo, nunca engañes a nadie, dijo, apretándome la mano. Luego, cuando ya me parecía que había expirado, sacó fuerzas de quién sabe dónde y extrajo, de debajo de la sábana, donde lo guardaba, un saquito con mil rublos que me entregó, rogándome que no los despilfarrara, pero que tampoco fuera tacaño. Da limosna a los pobres y a la iglesia. Ésas fueron sus últimas palabras.

Me levanté y el resto de la historia la relaté de pie, como si ya me hubiera cansado y quisiera terminar lo antes posible.

—Como tanto la hacienda como el dinero me los había dejado sólo a mí, mi hermano fue asaltado por una envidia tan salvaje que hasta sintió el impulso de matarme. Por fortuna, se limitó a forzar la despensa, donde yo guardaba los billetes y las monedas; lo sacó todo de la arqueta y, con su petate hasta los topes, prendió fuego a la vivienda. Cuando mi mujer y yo quisimos darnos cuenta, toda la isba y el patio eran ya pasto de las llamas. Por la gracia de Dios, tuvimos el tiempo justo para saltar por la ventana, sólo con la ropa de dormir. Pero la Providencia quiso que tuviéramos la Biblia bajo la almohada, y eso fue lo único que pudimos coger antes de abandonar la casa. Nunca olvidaré lo que oí decir a mi mujer cuando, ya fuera, veíamos cómo ardían nuestras pertenencias.

—¿Qué? —preguntó el *staretz*, picado en su curiosidad.

–¡Gracias a Dios que al menos la Biblia se ha salvado y tenemos con qué consolar nuestra pena!

Hice una pausa. Mi *staretz* asintió, invitándome a que concluyera.

–Nos quedamos sin nada, en la más completa miseria. Como pudimos, nos construimos un pequeño cobertizo allí mismo, donde empezamos a vivir con toda modestia.

Ambos quedamos entonces en un largo silencio, que él interrumpió sólo para mandarme que, en adelante, no rezara sólo las tres mil plegarias por día encomendadas, sino seis mil.

–¿Seis mil? –Me sorprendió lo elevado de la cifra.

–Ten calma y procura decir, con la máxima exactitud, el número de oraciones que te he prescrito. Dios tendrá misericordia de ti. –Ésas fueron aquel día sus últimas palabras.

*

Durante una semana entera, en la soledad de mi cabaña, recité diariamente la plegaria de Jesús seis mil veces, sin preocuparme de nada más. Y ¿qué sucedió? Es difícil explicarlo, pero me acostumbré de tal modo a esta forma de vivir rezando que, si lo dejaba durante un rato –fuera voluntariamente o sin querer–, sentía por dentro como un gran vacío, difícil de soportar. En cuanto volvía a la recitación, en cambio, me sentía ligero, como si me hubieran nacido alas por detrás.

8. LA ESPOSA Y LA BIBLIA

Para mi sorpresa, transcurridos diez días, fue mi propio *staretz* quien vino a visitarme. Desde que distinguí su figura en el horizonte, sentí que era el propio Jesucristo quien me visitaba. Le ofrecí un vaso de agua en cuanto entró en mi cabaña. Poco después, porque así me lo pidió, le conté cuáles eran los recuerdos que me habían asaltado desde nuestra última conversación.

–Como mi mujer era muy diestra para las labores de tejer, hilar y coser –comencé diciendo–, recibía todo tipo de encargos por parte de las familias más acomodadas. Dado que, por mi brazo, yo no podía ni trenzar alpargatas, era ella quien me mantenía, trabajando día y noche. Por mi parte, me limitaba a sentarme a su lado y le leía la Biblia mientras ella tejía o hilaba. En ocasiones, presa por la emoción de lo que le leía, ella se echaba a llorar mansa y silenciosamente.

–¿Por qué lloraba? –me preguntó mi *staretz*.

–Lloraba porque, gracias a Dios, estábamos vivos –le respondí–. Pero no fue por mucho tiempo, pues fue presa de unas fiebres muy altas y un amanecer, lo recuerdo como si fuera hoy, mi mujer expiró tan silenciosa y modestamente como había vivido. Yo estuve a su lado en su último suspiro y quedé ahí sin poder moverme durante largas horas.

Guardamos silencio.

*

–Los meses que siguieron a la muerte de mi mujer fueron para mí los más dolorosos de mi vida. Sentía una pena tan profunda por su partida que, sencillamente, no sabía ni dónde meterme ni qué hacer. Cuando entraba en la cabaña y veía uno de sus vestidos, o uno de sus pañuelos, por ejemplo, me ponía a gimotear desconsoladamente. Era un dolor que se apoderaba de mí y sobre el que yo, ni aun queriéndolo, tenía ningún control.

Nuevamente guardé silencio, pues me embargó la emoción. Y nuevamente mi *staretz* tuvo la delicadeza de no interrumpirme y de permitir que relatara mi historia hasta el final.

–Viendo que todo en aquella casa me recordaba a ella, la vendí por veinte rublos, que luego repartí entre los pobres. Tomé mi querida Biblia y, con el zurrón medio vacío, me puse en camino rumbo a Kiev, donde podría venerar a los santos y pedirles alivio para mi sufrimiento.

–Fue una buena resolución –comentó finalmente mi *staretz*, instándome a que, en adelante, recitara mi plegaria doce mil veces al día, por arduo que me resultara–. Date todos los días largos paseos por la naturaleza –me prescribió–. Come siempre frugalmente, ayuna un día por semana y ven a verme cada quince días, para que así pueda hacerte seguimiento.

Pero a mi *staretz*, como explicaré a su debido momento, ya no pude verle nunca más.

9. LA INVOCACIÓN DEL NOMBRE

Como mi *staretz* había previsto, recitar las doce mil oraciones prescritas no fue tarea fácil. Ni que decir tiene que los primeros días me puse a la tarea con diligencia, pero apenas conseguía terminarlas entrada ya la noche. Bastaron cuatro o cinco jornadas de práctica para que empezara a hacerlo con facilidad y gusto. Pero veinticuatro horas más tarde, ¡ay!, sentí una preocupante rigidez en la lengua y –eso era lo peor– un doloroso agarrotamiento en las mandíbulas.

Por si ambos dolores –la lengua y la mandíbula– fueran pocos, comenzó a dolerme también… ¡el pulgar de la mano izquierda! Era con el que desgranaba el rosario y, obviamente, nunca le había dado tanto uso. Pero no hice caso a los avisos del cuerpo y, terco como soy, me mantuve fiel a la encomienda. Fue un error, pues al día siguiente amanecí con el brazo hinchado hasta el codo. Lloré amargamente, sí, pero no claudiqué. Como soy de carácter obstinado, perseveré en la recitación, alejando de mí el pensamiento, cada vez más acuciante, de que, de seguir así, podría llegar a perder el brazo.

Fui recompensado, pues a partir de aquel momento cada mañana amanecía como si la propia plegaria me despertara. Era como si la lengua y los labios pronunciaran las palabras sin mi intervención, lo que me producía una dicha inimaginable y una deliciosa sensación. Empecé a sentirme desligado de todo, como si estuviera en otro mundo, lo que no hacía sino incitarme a que rezara todavía más.

Tuve la tentación –que enseguida reconocí como tal– de ir más allá de las doce mil oraciones prescritas. Pero, antes de hacerlo, sin saber todavía que mi *staretz* había muerto –noticia que recibiría poco después– se lo pregunté como si estuviéramos juntos en la diminuta celda de su monasterio. Ya puedes invocar el nombre de Jesús sin contar, me pareció que me decía. Te permito que reces tantas plegarias como quieras, me dijo también con mirada acogedora. Tras recibir este permiso, fui el hombre más dichoso del mundo. Yo era como una máquina a cuya rueda principal se le hubiera dado impulso y que, en consecuencia, podía continuar girando largo tiempo por sí misma. ¡Qué alegría tan grande e inexplicable se experimenta cuando el Señor nos regala la plegaria continua!

10. EL LOCO DE DIOS

Aquel verano transcurrió para mí en medio de una paz infinita. La destartalada cabaña del antiguo guardia forestal me parecía un magnífico palacio. No comprendía cómo había podido alguna vez considerar que era un lugar lóbrego y miserable.

Un atardecer, nada más cerrar los ojos para la oración, procuré representarme mi corazón, en mi interior, tal y como es, en el lado izquierdo del pecho. Al principio no sentí nada, pero me mantuve en esa práctica durante largos minutos. Al cabo, escuché por primera vez los latidos de mi corazón, lo que me llenó de enorme alegría. A partir de ahí empecé a practicar durante una hora seguida, a veces hice hasta dos, tal era el recogimiento y la quietud en que me encontraba.

Todo fue apacible y bello hasta que recibí la noticia de que mi bondadoso y juicioso *staretz* había fallecido. Al igual que cuando murió mi esposa, me sentí perdido y atolondrado durante largas semanas. Aquel hombre me había engendrado en la fe y ahora había partido, dejándome tan sólo su rosario como recuerdo de nuestra relación.

*

Como las desgracias nunca vienen solas, el guardia forestal que me había acogido me advirtió poco después que debía partir cuanto antes, pues sus patrones estaban por llegar y no les haría ninguna gracia vernos pululando por sus tierras. También él debía marcharse, pues no iban a renovarle el contrato. Me preguntó por ello si sería tan amable de dejarle peregrinar a mi lado.

–No te molestaré –me aseguró–, te juro que no te molestaré –insistió, seguramente al ver que yo dudaba–. ¡No dejes que este viejo sordo se vaya solo como un perro! –me presionó–. Accede y ya verás cómo todo irá bien y cómo Dios te premiará.

Pero yo le dije que necesitaba de la soledad y que, en mis circunstancias, no podía admitir compañía. Debí decirlo con un convencimiento sin fisuras, puesto que aceptó sumisamente mi negativa. Tras abrazarle con afecto, me entregó dos rublos para el camino, y me llenó el zurrón con pan seco. Poco después me alejé a paso raudo de aquel lugar en que tan feliz había sido.

Desde que comencé aquella nueva peregrinación, supe que yo no era ya el mismo: la invocación a Jesús me acompañaba en todo momento y me alegraba lo indecible en medio de mi soledad. Si me encontraba con alguien por los senderos, siempre me parecía muy amable. Todos me trataban con gran bondad, como si yo fuera de su familia. Pero procuraba no entretenerme demasiado a su lado, por temor a que la conversación pudiera alejarme del tesoro de la oración continua.

Aquí puedo y quiero decirlo: me he convertido en una especie de loco, he entrado en el relato de Dios y sólo vivo para Él. Nada me preocupa y ya no presto atención a ninguna vanidad. Si me fuera posible, permanecería siempre así: solo y errante. Porque sólo me apetece una cosa: recitar y escuchar mi plegaria, descubrir su Luz en todas las cosas. Me he convertido en una especie de loco, sólo en el nombre de Jesús encuentro lo que busco.

ACTO II

La vara de Dios

11. EL ATRACO

La vida de un peregrino no es fácil, en primera instancia por el hambre. Cuando el dolor de tripa se me hacía insoportable, invocaba el nombre de Jesucristo con más ímpetu del habitual y, durante algunas horas, conseguía olvidarme de que quería comer. Cuando llegaba a alguna aldea, pedía un poco de pan y un puñado de sal, llenaba la calabaza de agua y regresaba lo antes posible a mi bendita soledad.

Tampoco es fácil la vida del peregrino porque han de soportarse las más pavorosas inclemencias climáticas, además de todo tipo de dolencias corporales, en particular en la espalda y las piernas –pues el esfuerzo al que las sometía era excesivo. Tanto cuando el cuerpo no me respondía como cuando el frío era muy intenso, me ponía a rezar con más fervor y enseguida me daba cuenta de cómo entraba en calor o de cómo dejaba de advertir aquellos padecimientos.

Fue así como llegó el día en que sentí claramente cómo la oración de Jesús entraba en mi corazón. Fue un momento muy concreto, muy especial. Oí cómo, al tiempo que palpitaba, era mi corazón el que recitaba, no yo. Por mi parte, podía dejar de recitar la plegaria con los labios y, sencillamente, limitarme a escucharla. Y así lo hice hasta que empecé a sentir en mi pecho algo así como una cálida expansión, que se extendió benéficamente, inundándome de una dulzura que antes no habría podido ni tan siquiera imaginar.

Fue en ese estado de absoluta plenitud cuando llegué a una gran ciudad, donde, con los dos rublos que me había dado el guardia forestal, me compré el libro de la *Filocalia*, con el propósito de perfeccionarme en el arte de la plegaria interior. Era una edición muy antigua y desencuadernada, pero la recompuse como pude y la metí en mi zurrón, junto a la Biblia. Me sentía muy dichoso con mi nueva adquisición.

Por las noches, a la luz de una candela, me aplicaba en la lectura de la *Filocalia*, pues necesitaba verificar en ella mis sensaciones. Es verdad que algunos pasajes me resultaban muy difíciles;

pero, cuando ése era el caso, le preguntaba a mi difunto *staretz*, como si estuviera físicamente a mi lado. Siempre tenía la impresión, por no decir la certeza, de que él, desde el más allá, me explicaba todo lo que no entendía.

*

Los problemas empezaron hacia el final del verano. Quizá fuera como castigo por mis antiguos pecados, o más simplemente porque mi alma lo necesitaba, pues no crecemos sin la dificultad. El caso es que, al salir a la carretera principal, sin yo saber cómo, una tarde me encontré con que dos hombres de aspecto fiero me habían rodeado. Primero me ofendieron con blasfemias e insultos de todo género. Luego me pidieron dinero y, cuando les contesté que no tenía ni un cópec, uno de ellos, el más joven, me pegó en la cabeza con un palo.

Ignoro el tiempo que estuve sin conocimiento; pero, al recobrarlo, vi que yacía junto a la carretera, sin zurrón y con la ropa hecha jirones. Gracias a Dios que no me habían quitado el pasaporte, que llevaba bajo mi vieja gorra. Pero lloré amargamente, aunque no tanto por el dolor en la cabeza, que me zumbaba, como porque me habían quitado mis libros.

Consumido por mi desgracia, lloré todo el día sin descanso y, por la noche, tardé bastante en conciliar el sueño. Cuando me dormí, vi en sueños a mi *staretz*, quien me dijo poco más o menos lo siguiente:

–Has vivido una lección de desprendimiento de lo terreno. Se trata de una prueba necesaria para que no caigas en la voluptuosidad espiritual. No olvides que Dios dispone todo por el bien de las personas. Así pues, anímate y date cuenta de que esto, como todo lo demás, es para tu bien.

El pensamiento de que todo lo sucedido no era una fatalidad, sino Su voluntad, me alivió inmensamente. Me lamenté por ello de haberme quejado tanto, mostrando mi torpeza para entender los designios divinos. Así que me levanté, me persigné y me puse de nuevo en camino.

12. AMOR A LOS LIBROS

Pocos minutos después, encontré por el camino a un grupo de presos. Para mi sorpresa, entre ellos estaban… ¡los dos hombres que me habían robado! Les reconocí de inmediato y no me lo pensé: corrí hacia ellos y caí a sus pies, suplicándoles que me devolvieran mis libros. Les conmoví, pues, mirándose entre sí, me aseguraron que mis libros estaban bajo la cus-

todia del capitán de su batallón, junto a otros obje-
tos robados que les habían confiscado.

–No me es posible detener el convoy sólo por ti
–me dijo una vez que me hube presentado ante el
aguerrido capitán, responsable de aquella comiti-
va–. Pero, si efectivamente están ahí, como asegu-
ras, te daré esos libros a los que veo que estás tan
apegado.

A punto estuve de arrojarme a su cuello para
abrazarle y colmarle de besos, hasta ese punto llegaba mi dicha.

–Pero habrás de venir con nosotros hasta donde
nos detengamos para pernoctar –continuó el capitán, quien desde el primer momento me pareció un
hombre honrado y bueno.

Así lo hice, tan contento ante la perspectiva de
recuperar mi *Filocalia*. Cuando finalmente me la
entregaron junto a mi Biblia, se me saltaron las
lágrimas y estreché ambos libros contra mi pecho
hasta que me dolieron los brazos.

–La noche es muy oscura –me dijo entonces el
capitán, al ver que me disponía a partir sin demo-
ra–. Quédate a dormir aquí y así podremos conver-
sar. Veo que te entusiasma la lectura. –Había quedado muy impresionado por mi reacción.

Pero yo, de tanta alegría, no podía contestar,
sólo lloraba.

–Yo mismo leo cada día el evangelio –me confesó entonces él y, al decir aquello, entreabrió su uniforme y sacó de un bolsillo interior una pequeña edición, con cubiertas de plata.

Nos sentamos en su tienda, frente a frente, y él empezó a contarme su historia.

13. EL RELATO DEL CAPITÁN

–Cuando no bebía, era un oficial ejemplar –así comenzó su relato aquel capitán–, pero bastaba con que me echara un trago para que ya no pudiera parar. Finalmente, la pasión por la bebida fue más fuerte que yo y traspasé la línea roja. –Y dio un paso hacia delante, como si ahí hubiera efectivamente una línea roja y la acabara de traspasar–. Estando bebido, hice algo indigno, de lo que aún hoy me avergüenzo; y eso me hizo perder mi graduación militar. Como castigo, fui trasladado a otra guarnición, donde Dios quiso que me encontrara con un mendicante que, quién sabe por qué, se detuvo ante mí y me miró. Nunca podré describir la mirada de aquel hombre.

Me di cuenta de que le estaba escuchando como mi difunto *staretz* me había escuchado a mí.

–Aquel mendicante me dijo que a él le había sucedido lo mismo que a mí con la bebida –continuó–, pero que encontró algo que le ayudó a superarlo: leer un capítulo del evangelio cada vez que le entraban ganas de beber. Si tras aquella lectura seguía con la idea en la cabeza, leía otro capítulo, y así hasta que se le esfumaban las ganas por completo. Hazlo tú también y verás cómo el afán por la bebida te desaparece.

Quise decir algo, pero preferí guardar silencio.

–No puedo decir que de buenas a primeras me fiara de este método, al parecer tan infalible –continuó el aguerrido capitán–. Porque ¿cómo podrían unas pocas palabras remediar todo lo que no habían logrado todos los medicamentos ni mi fuerza de voluntad? Pero cogí el evangelio que me extendió aquel mendicante y decidí probar suerte. Al fin y al cabo, ¡qué podía perder!

Miré la pequeña edición, con cubiertas de plata, que aquel capitán, al inicio de nuestra conversación, había sacado del bolsillo interior de su chaleco. Debía de ser el mismo ejemplar.

–Abrí ese evangelio y leí un poco, pero no lo entendía. «No hace falta que lo entiendas (me advirtió aquel mendicante). Es suficiente con que lo leas. Si tú no entiendes la palabra de Dios, los demonios sí que la entienden. Y tiemblan». Así que puse ese evangelio en mi baúl y me olvidé de él hasta que, al cabo, me vinieron los deseos de beber. Abrí entonces mi baúl para sacar de allí unas monedas y correr a la taberna; pero me encontré con el evangelio y, casi sin decidirlo, lo abrí y empecé a leer a san Mateo. Aunque no entendí ni una palabra, leí luego el segundo capítulo, que misteriosamente me resultó algo más comprensible. No sé por qué leí también el tercero y, cuando iba a empezar con el cuarto, sonó la campana del cuartel que anunciaba la hora de acostarse. Así que, como ya no podía abandonar el destacamento, aquella tarde me quedé efectivamente sin beber. La lectura del evangelio había funcionado tal y como me había asegurado el mendicante. Pero me dormí pensando en el aguardiente que, si nada lo remediaba, me echaría entre pecho y espalda al día siguiente. Resulta difícil de creer, pero apliqué este sistema cada vez que me asaltaba la tentación y, cuanto más lo hacía, más fácil me resultaba superarla. Cuando hube terminado con los cuatro evangelios, mi pasión por la bebida… ¡se había esfumado! ¡Y hasta sentía repugnancia por el aguardiente, que antes tanto me había gustado! De esto hace exactamente veinte años, y desde entonces no pruebo una gota. Todo se arregló: volvieron a ascenderme a oficial y me casé, con la fortuna de hacerlo con una buena mujer. Desde entonces, me juré a mí mismo que cada día, durante toda la vida, leería los evangelios, sin admitir ninguna justificación. Y así lo hago. Mira. –Y me mostró nuevamente su ejemplar–. ¿Qué es mejor –me preguntó entonces–, tu *Filocalia* o el evangelio?

–Es todo lo mismo –le respondí yo–. Los santos padres dicen que el nombre de Jesucristo contiene y resume todas las verdades del evangelio.

Nuestras palabras se fueron espaciando en medio de la noche y, al final, permanecimos en silencio. Yo rezaba y él, posiblemente, también. Nos estrechamos las manos antes de irnos a dormir.

14. EL LOBO Y EL ROSARIO

Continué mi camino a la mañana siguiente con buen ánimo, tras haberme despedido del capitán y muy contento por haber recuperado mis libros. Durante días el tiempo fue tan lluvioso que el camino se enfangó hasta tal punto que, al caminar, a duras penas podían sacarse los pies del barro. La plegaria del corazón, sin embargo, me producía tanta felicidad que no podía imaginar que hubiera sobre la tierra nadie más feliz que yo. No sólo sentía todo eso en el alma, sino que el mundo externo se me presentaba encantador, sobre todo el cielo y las montañas, pero también los insectos, los árboles y las plantas. A veces me sentía tan ligero que, como si no tuviera cuerpo, más que caminar, me parecía que flotaba, suspendido en el aire. Tan a gusto me sentía con todas estas sensaciones que, por un momento, comprendí que estaba dispuesto a soportar cualquier cosa que Jesucristo tuviera a bien enviarme. Estaba totalmente decidido, tenía ganas de padecer un martirio, no sabía qué hacer con tanto amor.

Pero fue tener este pensamiento, cuando no me había alejado ni dos verstas del capitán y de su regimiento, cuando apareció ante mí, de repente, un gran lobo. No tuve tiempo de reaccionar y se abalanzó sobre mí, dispuesto a devorarme. Nunca habría esperado algo así, de modo que me quedé paralizado. Como tenía el rosario que me regaló mi *staretz* entre las manos, quiso Dios que las cuentas se enroscaran de algún modo en el cuello del animal. No puedo decir cómo, pero el lobo quedó trabado, con mi rosario en el cuello, en la rama de un árbol, donde se debatió durante largo rato. No podía liberarse, pese a la fuerza con que tiraba y se sacudía.

Yo estaba tan espantado como maravillado y, tras persignarme, totalmente consciente del riesgo que corría, pero advirtiendo que estaba protegido por la divina providencia, avancé hacia el lobo con la intención de liberarlo. Así lo hice, aunque no sin dificultad, pues el lobo emitía sonidos aterradores y babeaba salvajemente. Por fin, las cuentas del rosario se soltaron y el lobo se marchó por donde había venido. Cada pocos pasos, el animal se volvía para mirarme, como queriendo cerciorarse de que lo que había sucedido era verdad.

15. UNA REYERTA CONYUGAL

Todavía estaba recuperándome de mi aventura con el lobo cuando salió de entre los árboles, mientras recogía las cuentas de mi rosario, un hombre con la cara azul. Pronto supe que era el sacristán del pueblo y que, para sacarse unos cópecs, teñía telas de rojo y de azul, lo que explicaba el color de su rostro.

Nos saludamos mientras que, a lo lejos, los lobos empezaban a aullar. Tuve tanto miedo de que alguno volviera a salir para atacarme que se me pusieron los pelos de punta.

—Más que un lobo, parecen muchos —dije.

—Sí —me respondió el hombre de la cara azul, agachándose para ayudarme a recoger las cuentas—, pero es uno solo. Es una estrategia que tiene para infundir más miedo, a este fin ha desarrollado una técnica muy sofisticada.

Aquel hombre se empeñó en que lo acompañara a su casa, pues había presenciado el episodio del lobo enredado en el rosario y, como no podía ser de otra forma, le había impresionado muchísimo.

–Al menos, cene con nosotros –me rogó, y en cuanto entré en su vivienda, vi que vivía sin estrecheces, aunque no sin pecado, pues pronto comprobé cómo blasfemaba y juraba en vano.

*

En cuanto se sentó a la mesa, moviendo ruidosamente una silla, devoró las viandas que había en ella sin ningún tipo de educación y sin dejarme probar bocado. Al poco de rebañar el último plato, apareció una mujer bastante gruesa que le insultó con palabras que no quiero recordar. Como si yo no existiera, ambos estuvieron largo rato recriminándose mutuamente un sinfín de cosas. Yo no sabía qué hacer o decir, me sentía violentísimo, sin acabar de decidir dónde meterme. La situación se hizo insostenible cuando llegaron a las manos. Se zarandearon uno al otro con increíble violencia y, aunque intenté mediar, mis intentos fueron en vano. Ella era sin duda mucho más agresiva que él, tanto con las palabras como con los hechos.

–¡Basta, basta, basta! –grité al fin, sorprendido por mi propio coraje–. ¡Quizá todavía estéis a tiempo de obtener el perdón por vuestros pecados y salvar el alma!

Pero ellos no parecieron oírme y continuaron dándose sopapos y diciéndose barbaridades. Hasta que, en algún momento, quién sabe cómo, dejaron de discutir y pelear y, aunque con la respiración agitada, cada cual se fue a un rincón y se puso a hacer sus cosas. La mujer lavó y secó los tazones y las cucharas, mientras maldecía entre dientes a su marido. Él, por su parte, acercó un banco al asiento que había bajo la ventana y puso encima una manta de fieltro. Fue entonces cuando empecé a ser nuevamente visible para ellos.

–Ésta será tu cama –me dijo el hombre al fin; y yo me acosté en el acto, temeroso de que, de no hacerlo, pudieran volver a insultarse y a pelear.

Cerré los ojos simulando haberme dormido, y escuché cómo la mujer trajinaba en la cocina durante un buen rato. Luego ella apagó el fuego y encendió una vela ante el icono, que quedaría prendida toda la noche. Finalmente vino hacia mí, sentí muy bien cómo me observaba, casi me llegaba su aliento a la cara. Contuve la respiración, pues temí que pudiera hacerme algo malo. Pero nada sucedió.

Al cabo se marchó y, algo después, pude conciliar el sueño pese a no haber comprendido con precisión el significado de lo que acababa de presenciar. Ciertamente, en la vida humana hay muchos sucesos que no tienen una explicación clara.

16. LA HIJA DEL ANFITRIÓN

A pesar de las constantes broncas en que vivía aquel matrimonio, me quedé allí durante varias semanas porque con ellos vivía su hija, una muchacha que iba a menudo a rezar a una capilla cercana. Como también yo iba a esa capilla, pues era muy fresca y recogida, una tarde la escuché murmurar plegarias muy extrañas, como si fueran en una lengua extranjera.

–¿Quién te las ha enseñado? –le pregunté a la salida, lleno de curiosidad.

–Mi madre –me respondió ella; y sentí lástima de que no conociera el Padrenuestro y el Avemaría, así que esa misma tarde le enseñé a rezar según manda la santa madre Iglesia.

También le enseñé la plegaria de Jesús, que ella, según me fue informando, empezó a practicar a partir de entonces con mucha dedicación. Al cabo de poco tiempo, se había acostumbrado a ella hasta tal punto que no podía dejar de repetirla. Le pasaba como a mí: que, al rezarla, le embargaba una sensación muy agradable y que, al terminar, sentía el fuerte deseo de volver a comenzar.

*

Todo iba muy bien hasta la tarde en que aquella muchacha me hizo una confidencia que habría preferido no saber: el sacristán de la cara azul, su padre, tenía intención de casarla contra su voluntad.

–¿Qué puedo hacer? –me preguntó ella con patente aflicción.

Le dije que yo no era un sabio, sino un pobre peregrino y que, en consecuencia, no tenía idea de cómo podría resolver su situación.

–¡Tenga piedad de mí, por favor –me imploró al escuchar aquello–, y lléveme consigo! –Y se arrojó a mis pies, hecha un mar de lágrimas.

Yo estaba estupefacto. No sabía qué hacer con aquella pobre chica que, fuertemente agarrada a mis tobillos, me imploraba con tanta desesperación.

–¡Lléveme a un monasterio de mujeres! –prosiguió ella entre lloriqueos–. ¡No me quiero casar, no me quiero casar, no me quiero casar! –Esto lo repitió decenas de veces, incansable–. ¡Quiero vivir como una monja! –dijo al fin, cambiando la cantinela–. Quiero pasarme la vida recitando la plegaria que me ha enseñado.

–Pero ¿qué dices? –le reproché yo, sacando fuerzas de quién sabe dónde y zafándome de sus manos, que ya lastimaban mis tobillos–. Pero ¿adónde quieres que te lleve? Yo no sé de ningún monasterio de mujeres y, además –eso fue lo que se me ocurrió, para así escaparme de su acoso–, ¿cómo podría llevarte conmigo si ni siquiera tienes tus papeles? No te aceptarán en ninguna parte –argüí, agarrándome a esa idea–. No te podría esconder en ningún sitio. Te capturarían enseguida y, además, te castigarían por vagabunda. Si no te quieres casar –dije ya como último recurso–, finge alguna incapacidad.

17. INTERROGATORIO ANTE EL JEFE DE POLICÍA

Estábamos hablando cuando apareció un carro de caballos al galope, del que en un abrir y cerrar de ojos descendieron cuatro campesinos, que vinieron directamente hacia nosotros. Uno de ellos sentó a la muchacha sin mediar palabra en la parte trasera de ese carro y la hizo partir de inmediato. Los tres campesinos restantes, para mi sorpresa, me ataron fuertemente las manos y, a empellones, me condujeron a la plaza del pueblo, donde había un grupo de vecinos que me recibieron tirándome piedras y escupitajos.

–¡Ya te enseñaremos a seducir a las muchachitas! –escuché horrorizado; y otras muchas cosas más, terribles todas ellas, que prefiero ahorrarme para no sufrir ahora, con el recuerdo, como tuve que sufrir entonces, ante la difamación y la crueldad.

Algo después, maniatado todavía, me llevaron, nuevamente a empellones, al cuartel de la policía, donde me pusieron cadenas de hierro en los pies, como si fuera un malhechor.

Debo decir que, al saber que estaba en la cárcel por causa de su hija, el sacristán que me había hospedado vino a verme y me llevó de cenar. Entre terribles blasfemias y juramentos, me dijo que no era la primera vez que su hija quería escapar de su destino y me aseguró que, pasara lo que pasase, intercedería por mí ante la justicia.

–Su destino es casarse –me reiteró, y en su exasperación reconocí de repente en su rostro los rasgos de su hija, que pocas horas antes había estado lloriqueando a mis pies.

*

En ésas llegó el jefe de policía, fanfarroneando, y se sentó detrás de la mesa. Nada más verle supe que no era un hombre de fiar y que debía guardarme de él cuanto pudiera.

–Aquí –y levantó el dedo índice para enfatizar la idea–, ¡yo soy el que mando! Esto es una parada de postas, y yo soy el responsable. Así que, dame tus papeles. ¿Tienes pasaporte?

Le extendí mi pasaporte y él se puso unas lentes redondas, sujetándoselas en las orejas. Leyó mi documentación con sumo detenimiento, como si fuera de incalculable valor.

–Efectivamente, está en regla –dijo al fin–, lo celebraremos con una copita. –Y abrió un cajón de su escritorio, donde guardaba una botella.

–No bebo –le respondí.

Me miró con cara de pocos amigos.

–La chica, tu hija –dijo entonces aquel tipo de uniforme, apuntando en esta ocasión al sacristán de cara azul–, ¿se ha llevado algo de tu casa?

–¡Nada, señor! –le respondió mi anfitrión, recomponiéndose el cabello y la camisa para dar una imagen de respetabilidad.

–¿Y la has pillado haciendo marranadas con este majadero? –preguntó acto seguido el jefe de policía, apuntándome con el pulgar.

–¡En absoluto, señor! –replicó mi bienhechor.

–Con tu hija, ya arreglarás las cuentas tú mismo –dijo entonces aquel jefecillo, quitándose sus lentes y su desgastada gorra azul marino–; y, por lo que a este espabilado se refiere –y se rio, dejando ver sus dientes–, mañana le daremos un buen escarmiento.

*

Tras una noche en el cuartelillo, sin apenas pegar ojo, a la mañana siguiente temprano vinieron dos hombres que me azotaron con saña: primero uno y luego otro, sin cansarse, como si fueran profesionales de la tortura. Luego, sin palabras, me echaron a la calle, como si fuera un saco de patatas. Era nuevamente libre, así que me adentré otra vez en los bosques, agradeciendo a Dios que me hubiera permitido sufrir en su nombre.

Este comportamiento mío me sorprendió y consoló muchísimo: porque en lugar de sentirme agraviado por la injusticia de la que había sido víctima –como habría sido lo natural–, me sentía muy contento, más incluso que cuando todo me iba bien. Todos estos sucesos, que en cualquier otro momento habría juzgado humillantes y espantosos, no me ofendieron en absoluto. Era como si le hubieran acontecido a otro, y yo me hubiera limitado a presenciarlos. «Junto a la tentación –recordé haber leído en la Escritura (1 Co 10, 13)–, Dios os dará también los medios para soportarla.»

18. LAS PIERNAS HELADAS

Tan contento me sentía por haber padecido una injusticia en su nombre que, de repente, sentí un deseo irresistible de comulgar. Recuerdo que era un 24 de marzo y que hacía un tiempo de perros: mucho frío, nieve y un viento que silbaba sonoramente, algo fuera de lo habitual. Pese al temporal, mi deseo de recibir el cuerpo de Cristo era tan acuciante que fui en busca de una iglesia y de un sacerdote.

Por el camino tuve que atravesar un riachuelo cuyo hielo, justo cuando estaba en medio, se rompió bajo mis pies. Así que de pronto me encontré con el agua hasta la cintura y me asusté al sentir un escalofrío electrizante que me llegó hasta la coronilla. Ni que decir tiene que salí de aquel riachuelo con dificultad y que llegué a la misa completamente mojado. Dios, sin embargo –y eso era para mí lo importante–, me permitió comulgar.

*

Aquella noche, ya en el catre, sentí un intenso dolor de piernas; pero estaba demasiado cansado como para levantarme y friccionármelas, como sin duda debería haber hecho. Sólo se me ocurrió concentrarme en la plegaria del corazón y, como me había sucedido en otras ocasiones, aquel dolor de piernas se fue disolviendo poco a poco en virtud de la oración hasta que finalmente se esfumó y pude dormirme.

En mala hora: a la mañana siguiente tenía las piernas paralizadas y, sólo ayudado por las manos, pude arrastrarme hasta el porche, donde permanecí un par de días llorando por el tormento y suplicando piedad. Experimenté en aquellas horas, como nunca hasta entonces, lo que significa estar al margen de la sociedad, pues varios transeúntes pasaron por las inmediaciones sin que ninguno de ellos me prestara atención, pese a mis desgarradores lamentos. Finalmente, cuando fui preso de fiebre y escalofríos, y cuando empezaba a encomendarme para la otra vida, un hombre se me acercó.

–¿Qué me das si te curo? –me dijo aquel tipo, mirándome desde arriba con cara de pícaro–. Hace unos años me pasó exactamente lo mismo y conozco el remedio para ayudarte.

–No tengo nada que darte –le respondí yo.

–Y en el zurrón, ¿qué tienes? –quiso saber él.

–Sólo pan seco y libros –le admití.

–Si te curo, ¿trabajarías para mí al menos durante el verano? –me preguntó aquel hombre de frente despejada y barba puntiaguda.

–Ya ves que sólo puedo utilizar un brazo, puesto que el otro lo tengo como si estuviera seco.

Pero él, por alguna razón, no desistió.

–Es difícil de creer que no puedas hacer nada –se lamentó; y fue entonces cuando advertí, por el acento, que era extranjero.

–Nada, aparte de leer y escribir –respondí.

–¡Ah, escribir! –dijo él–. Pues entonces podrías ser el tutor de mi hijo.

Estuve de acuerdo con su proposición y, sólo después de que le hubiera dado mi palabra, me arrastró hasta su casa, donde pude bañarme, asearme y dormir hasta que la fiebre me bajó.

19. LA CURA CON ALQUITRÁN
DE HUESOS

Una vez limpio, mi salvador me explicó que era un administrador polaco, que gestionaba las fincas de sus patrones. También me hizo saber que en una semana llegaría a la finca su hijo, al que no había podido dar la debida educación por causa de su separación matrimonial.

–Mi esposa era muy caprichosa –confesó, y me miró para calibrar mi reacción–. Era de carácter voluble y gran jugadora de cartas, diría que invencible. Cuando me puse enfermo, precisamente porque también me caí al río y se me helaron las piernas, se cansó de vivir conmigo y, al cabo, aunque tampoco ella era lo que se dice joven, me abandonó para irse a vivir a Kazán, llevándose todo lo que pudo consigo. Sólo me dejó a mi hijo, a quien conocerá en cuanto llegue.

Luego, como si ya no tuviera más que decir, se aplicó silenciosamente a preparar la cura. Primero recogió, de un montículo de barro, una amalgama de huesos descompuestos del ganado. Después, los desmenuzó laboriosamente con una piedra –desde el patio yo vi cómo lo hacía–; y, tras lavarlos, los puso en un gran recipiente de barro, que cubrió con una tapadera. Más tarde, siempre en silencio, lo metió todo boca abajo en una caldera vacía, medio hundida en la tierra. Para terminar, lo recubrió todo con una espesa capa de arcilla y encendió encima un fuego de leña, que mantuvo ardiendo durante más de veinticuatro horas.

–Esto será alquitrán de huesos –dijo al fin.

Era, definitivamente, un hombre de pocas palabras.

*

Antes de que amaneciera, el administrador polaco desenterró aquella caldera, cuyo líquido había pasado a ser espeso, rojizo y aceitoso. Desprendía un olor muy fuerte, como de carne fresca. De negros y podridos que estaban, aquellos huesos se habían vuelto tan limpios como el nácar.

Mi improvisado curandero me prescribió entonces que me frotara las piernas con aquel líquido cinco veces al día, ni una más ni una menos. Así lo hice, en medio de dolores lacerantes y… ¿qué sucedió? Pues que ya al día siguiente podía mover los dedos de los pies; y que, al tercer día de todo aquello, ya podía doblar y estirar las piernas. Parecía un milagro. Como él había vaticinado, cinco días más tarde me sostenía de pie y andaba por el patio con la ayuda de un bastón. En una palabra, me había recuperado, me había salvado. Di gracias a Dios, que no pide palabras, sino una mente atenta y un corazón limpio, y pensé: ¡Quién habría podido imaginar que, en unos pocos huesos, secos y podridos, pudiera conservarse la fuerza de la vida!

–Para mí es una prueba de la futura resurrección de los cuerpos –le dije al administrador polaco.

Pero él no quería que le hablara de religión, sino que enseñara a leer y escribir a su hijo, que llegó aquella misma tarde de una larga estancia en Polonia, seguramente con su madre.

Recuperado totalmente, acordamos que las lecciones que impartiría al muchacho serían desde el alba hasta bien entrada la mañana. Enseguida me di cuenta de que era muy avispado, pues hacía sin aparente dificultad los trabajos domésticos que su padre le encomendaba: limpiaba el cuarto y encendía la estufa, por ejemplo, pero también guisaba y calentaba el samovar. Sin embargo, al mismo tiempo que hábil y despierto, era muy inquieto y travieso: corría de un lado para otro, daba golpes sin ton ni son, gritaba sin motivo alguno, sólo por el gusto, y hacía diabluras de todo género, lo que me agobiaba infinitamente, pues soy amante de la paz.

Las lecciones transcurrieron de este modo hasta que se me ocurrió un sistema para calmarlo: comencé a ordenarle que se sentara en un taburete y, allí, escribir la plegaria de Jesús para luego recitarla sin parar durante largo rato. Al principio, el hijo del administrador polaco se rebeló con todas sus fuerzas y buscó mil y una estratagemas para eludir aquel sistema de aprendizaje. Pero todo cambió cuando, con el fin de hacerle entender quién era el que mandaba, me acerqué a él mostrándole una vara. A partir de aquel momento, el chico comenzó a recitar la plegaria sin detenerse, lo que a mí me permitía leer mi *Filocalia* con toda tranquilidad o, simplemente, escuchar su recitación.

No pasaron muchos días hasta que comprobé que ya no hacía falta que le mostrase la vara, puesto que el muchacho cumplía mis órdenes voluntaria y diligentemente. Desde entonces, y eso es lo más notorio, observé en aquel adolescente, ¿cómo decirlo?, una visible y completa transformación. Su carácter, inquieto y travieso hasta entonces, desapareció como por ensalmo; y se volvió amable, servicial y tan silencioso como su padre. De hecho, el chico se acostumbró tanto a la plegaria del corazón que… ¡la recitaba siempre, a toda hora, sin necesidad de que le mostrara la vara disuasoria!

Una tarde mantuve con él esta conversación.

–¿Qué sientes cuando recitas la oración?

–Nada, simplemente me encuentro bien –me respondió.

–Pero ¿cómo, bien? –quise saber yo, sorprendido gratamente por su concisión.

–Pues no sabría cómo decirlo –eso fue lo que me contestó.

–¿Quieres decir contento? –insistí.

–Sí, contento –ratificó él, y eso fue todo.

*

Como los progresos de su hijo fueron pronto muy evidentes, el administrador de la finca quedó muy admirado al constatar lo rápido que estaba aprendiendo. Tan agradablemente sorprendido estaba que no pudo por menos que contárselo a su patrona, quien mostró enseguida un vívido interés por este asunto.

–¿Quién le enseña? –le preguntó, pensando seguramente en su propio pequeño, a quien también le haría falta cierta educación.

–Un peregrino manco que vive conmigo –le contestó su administrador, apuntando al cobertizo.

Cuento todo esto porque me hizo reflexionar sobre lo que yo mismo había vivido cuando los bandidos me robaron los libros, cuando la campesina me difamó, sufriendo por ello prisión y hasta tortura, o cuando se me helaron las piernas en el río y estuve a punto de fenecer: aquel muchacho, al principio díscolo y alborotador, y por fin manso y piadoso, me hizo entender que las varas de Dios son las penas o adversidades que nos toca atravesar, y que ellas, bien vividas, nos conducen misteriosamente hacia nuestro destino.

ACTO III

Huida a los bosques

21. LA MUJER DEL JUEZ

Atravesaba un pequeño prado, siempre en la propiedad que administraba mi salvador polaco, cuando un niño de unos siete u ocho años se me acercó y me tomó de la mano, como si yo fuera su padre o un amigo de la familia. Aquel gesto, tan sencillo, me emocionó lo indecible.

–Vamos a ver a mamá –me dijo el niño–, le gustan mucho los mendigos.

–Yo no soy un mendigo –le respondí–, sino un peregrino. ¿Y dónde está tu madre? –quise saber.

–Allí –contestó él–, detrás de ese bosquecillo. –Y me condujo a un jardín bellísimo, como no he visto otro parecido, en medio del cual había una casa señorial.

Entré con el niño, siempre de la mano, y quedé admirado de lo limpísimo y ordenado que estaba todo en aquella mansión, un auténtico palacio.

–¿Desde dónde le ha enviado Dios hasta nosotros? –dijo la señora de la casa nada más verme–. ¡Siéntese, siéntese! –insistió, y quedé abrumado por su amabilidad y trato afable.

Si bien agradecía la espléndida hospitalidad de aquella dulce mujer, lo cierto es que, a los pocos minutos de estar en medio de aquel lujoso e imponente salón, sentí una rabiosa impaciencia por volver a mi soledad. La necesidad de estar a solas para orar a mis anchas me bullía en mis adentros y, al cabo, y no habían pasado ni cinco minutos desde mi llegada, no pude resistirlo y me incorporé.

Sin tan siquiera saber lo que iba a decir, alcancé a formular algo parecido a esto:

–Perdóneme, buena mujer, pero necesito marcharme. Necesito estar solo, compréndame –añadí–. No tengo costumbre de estar acompañado. –Y me dirigí a la puerta, con el propósito de salir de aquel palacio cuanto antes–. ¡Que el Señor Jesucristo sea con usted y con su querido hijo! –llegué a decir, aunque el niño se habría ido a jugar en algún momento pues no le veía por ninguna parte.

–¡De eso ni hablar! –protestó la mujer, interponiéndose en mi camino–. Dios le guarde de abandonarnos, no lo permitiré. Mi marido, que es juez

–dijo entonces en un tono de voz imperativo–, volverá de la ciudad de un momento a otro y… ¡Se pondrá tan contento cuando os vea! Cree que cada peregrino es un enviado de Dios. ¡A él mismo le habría gustado peregrinar!

Así que me quedé, ¡qué remedio! ¡No ha nacido aún la mujer a la que en esta vida haya podido yo convencerla de nada!

*

Mientras esperábamos, me puse a recitar la plegaria en voz baja; me he acostumbrado tanto a ella que mi lengua la articula día y noche por sí sola, lo que me resulta muy agradable, pues me hace sentir en compañía. Pero la señora se dio cuenta.

–¿Acaso eres un brujo, que haces encantamientos? –me preguntó.

Para ocultarlo, dejé de mover los labios y recité la plegaria sólo con la lengua. Pero ella no se dio por satisfecha y me pidió que le enseñara lo que hacía. Decidí contarle qué tenía dentro, pues me parecía un alma buena, y le expliqué el secreto de mi felicidad.

–Empiezo por adaptar las palabras de la plegaria a cada latido de mi corazón –le dije–. De esta forma, con el primer latido, digo o pienso «Señor»; con el segundo, «Jesús»; con el tercero, «Cristo»; con el cuarto, «ten piedad», y con el quinto, en fin, «de mí». Luego empiezo a hacer entrar y salir del corazón esa plegaria junto con la respiración, tal y como enseñan los santos padres. Es decir, al inspirar el aire, digo o pienso «¡Señor Jesucristo»; y al expirarlo, «ten piedad de mí!».

Ella me miró estupefacta, como si le hubiera hablado en una lengua muerta.

–Si te dedicas a ello a menudo –le aseguré–, pronto sentirás un ligero y agradable dolor en el corazón. Más tarde, antes de lo que imaginas, notarás como un calor: es la calidez de su Presencia. Mientras rezas, si llegas a hacerlo, evita las representaciones y rechaza cualquier fantasía. Los santos padres ordenan mantenerse durante la plegaria sin ninguna visión, para no caer en la fantasía.

22. PASEO CON UN CABALLERO

Desde una de las ventanas del salón, distinguí entonces, no bien dije todo aquello, un coche de caballos muy lujoso; y le pregunté a la señora si quien viajaba en aquel coche, tan deslumbrante, era su marido. Fue decirlo y el amo de la casa abrió la cortinilla, se inclinó hacia fuera y miró a la mansión, desde donde le observábamos. Su esposa y yo salimos en el acto, con el propósito de recibirlo; y a él debí caerle en gracia, pues me invitó a que le acompañara a dar un pequeño paseo. La tarde iba de caída y era muy bella la luz y plácida la temperatura. Enseguida reparé en que aquel caballero, sin duda el patrón del administrador polaco, era de muy baja estatura, lo que le hacía caminar con las piernas arqueadas, como los enanos. Comenzó a hablarme como si me conociera de toda la vida, sin que yo le hubiera preguntado nada.

–Hasta los sesenta y cinco años, serví en la marina como comandante –comenzó diciendo.

Le miré sorprendido. No me parecía que tuviera tanta edad.

–Fue a los sesenta y cinco cuando me atacó la gota y tuve que jubilarme e irme a vivir a la granja de mi esposa, a quien veo que ya ha conocido. –Suspiraba profundamente, como si padeciera asma o sintiera añoranza de algo que le hiciera estar muy melancólico.

Dije alguna cosa, no recuerdo cuál, seguramente una tontería; pero fue en aquel momento cuando me di cuenta de que aquel hombre era muy duro de oído. Hablaba con parsimonia mientras paseábamos por el jardín de su espléndida mansión, donde, como si yo fuera un sacerdote, me confesó que, aunque ahora era el juez del distrito, de joven había sentido la llamada a dejarlo todo y convertirse en peregrino, como había hecho yo mismo.

–¡Usted! –dije, pero no supe qué más decir; su aspecto cansado y bondadoso me imponía.

Él, por su parte, me trató en todo momento con mucho respeto y consideración, como si fuera de su misma clase social, o como si supiera de la vida más que él, que había frecuentado la universidad, que disfrutaba de una bonita familia y que poseía una gran mansión.

23. CONVERSACIÓN SOBRE LOS BUJARA

–¿Qué está leyendo ahora? –me preguntó en un determinado momento, como si supiera de sobra que un hombre como yo se alimentaba de la lectura.

–La *Filocalia* –le respondí yo, y le aseguré que tenía mi ejemplar en mi zurrón y que se lo enseñaría no bien entráramos en su vivienda.

–¡Ah, la *Filocalia*! –exclamó él–. He oído que contiene extraños artificios y procedimientos para la plegaria. –Y se sentó en uno de los peldaños de la escalinata, como si fuera un hombre joven.

El juez dijo entonces que existen muchos estudios sobre la oración, de diferentes autores y temáticas, y llenos con frecuencia de brillantes razonamientos y alta especulación; pero que todos ellos, que él supiera, se apoyan en las consideraciones de la razón natural, no en la experiencia personal. En su opinión, la *Filocalia*, escrita por monjes griegos, era una propuesta espiritual muy parecida a la de los Bujara, una secta de fanáticos de la India.

–¿Los Bujara? –le pregunté, nunca había oído semejante nombre.

–Sí –me respondió él, alardeando por un instante de sus conocimientos–. Se sientan durante largas horas, hinchan sus pulmones y llegan a sentir, según dicen, un cosquilleo en el corazón. En su estupidez, atribuyen esta sensación a su forma de rezar, como si Dios les hubiera concedido, a este efecto, quién sabe qué misteriosos dones. Pero, para cumplir con nuestro deber para con Dios –prosiguió, y reparé en lo mucho que se fatigaba al hablar–, basta que recemos con sencillez, ¿no le parece? Yo rezo el Padrenuestro tal y como lo enseñó Jesucristo –me reconoció–, y con eso… ¡me basta para todo el día! ¡Qué tontería eso de repetir una y otra vez lo mismo! ¡Están todos locos, esos ascetas!

–¡No piense eso, amigo mío! –me atreví a reconvenirle–. La *Filocalia* no la escribieron simples monjes griegos, sino santos hombres de la Antigüedad, tales como Macario el Grande, Juan Crisóstomo y otros tantos. Mire, si quiere, cuando entremos, le leeré un fragmento.

*

Ya a la mesa, con mantel de lino y cubertería de plata, acudieron a cenar con el juez y su esposa cuatro señoras más. A mí me dejaron, pese a que me resistí, que ocupara la presidencia.

–Son mis hermanas –dijo la mujer del juez–: una es nuestra cocinera; otra, el ama de llaves; la tercera es mi doncella; y ésta –y la apuntó– está casi siempre enferma.

Luego nos contó que su madre era biznieta de san Josafat, cuyas reliquias reposan en Bélgorod. Y así estuvo hablando durante larguísimo rato, empalmando un tema con otro.

–Sin duda que os está aturdiendo –intervino finalmente el juez, que durante largos minutos había permanecido silencioso y comiendo con un apetito voraz–. Siempre que tenemos huéspedes en casa, se pone tan contenta que no les deja en paz ni de noche ni de día. Es algo de familia –la justificó, pero yo no entendí a qué podía referirse.

La mujer dejó su perorata y yo pude sacar de mi mochila finalmente la *Filocalia*. Según se me solicitó, leí una sola página, la escrita por Marcos el Asceta, que todos escucharon sin pestañear, mientras tomaban una infusión en tazas de porcelana.

–No se puede librar al alma de pensamientos pecaminosos más que con la vigilancia de la mente y la pureza del corazón –leí–; y eso se consigue mediante la plegaria interior. Por mucho que quieras imponerte penas y mortificaciones corporales –proseguí leyendo–, si no tienes siempre a Dios en la mente y a Jesús en el corazón, los pensamientos no te dejarán descansar y estarás siempre en disposición de pecar.

Tanto le interesó al juez lo que acababa de leer que primero me rogó que se lo releyera y luego, insistentemente, que le prestara mi *Filocalia*, para que él pudiera ojearla en su tiempo libre.

–Se lo presto unas horas con mucho gusto –le concedí–, pero no más de un día. Sin este libro, entiéndame, no puedo pasar.

–Pues al menos cópieme eso que ahora nos ha leído y se lo pagaré –me rogó él entonces.

–No hace falta que me pague nada –le dije yo–, se lo copiaré con amor.

Y eso fue lo que acordamos.

*

Sucedió entonces una terrible desgracia. La mujer del juez se tragó sin darse cuenta una espina de su pescado y, pese a todo lo que hicimos por ayudarla, nadie se la pudo sacar.

Le dolía tanto la garganta y su respiración se hizo tan agitada que, finalmente, mandaron llamar al médico. Pero el facultativo tardaba mucho en llegar y, como empezamos a temer por su vida, salí por donde ni yo mismo habría podido imaginar.

—Le voy a decir lo que tiene que hacer —le dije al juez, que había perdido por completo su temple moderado y apacible—. Dele a beber una cucharada de aceite de orujo. —No sé dónde me sacaría esa idea—. Sentirá tantas náuseas que eso la hará vomitar y expulsará la espina. El aceite le suavizará la herida de la garganta y se curará.

—¿Qué le va a hacer su aceite? —protestó el juez, perdiendo por completo los papeles—. Ya jadea, delira y hasta se le ha hinchado el cuello.

—Intentémoslo de todos modos, por favor —le supliqué, manteniendo la serenidad.

Con gran esfuerzo se lo hicimos tragar y, en el acto, la mujer tuvo un vómito muy fuerte. Como yo había vaticinado, expulsó la espina con un poco de sangre y enseguida se sintió revivir. Para perplejidad de todos los presentes, el juez se arrojó a mis pies, alabando mi sabiduría. Luego, preso por el frenesí, me besó en los labios; y besó también a su mujer y a todos los que andaban por ahí, aunque a ninguno con tanta fogosidad como a mí.

25. APARICIÓN DEL DIFUNTO MAESTRO Y LAVATORIO DE PIES

Como si no le hubiera sucedido nada, la señora se puso a servirnos. Trajo unas rosquillas glaseadas con azúcar y nos rellenó de infusión las tazas de porcelana. Nuevamente se puso a hablar de sus cosas, como lo había hecho antes del percance de la espina, y, mientras lo hacía, me quedé muy recogido, casi traspuesto. En aquel instante –puedo jurarlo–, vi a mi difunto *staretz* pasar por entre nosotros, como una centella. Era él, estoy seguro. Yo había hablado con él en múltiples ocasiones, llegando a consultarle algunas de mis dudas; pero aquélla era la primera vez que se me aparecía con forma y figura y, obviamente, me estremecí.

–Disculpen –dije para ocultar mi emoción–, había empezado a adormilarme.

No sé lo que me respondieron, puesto que, en aquel momento, como si el espíritu de mi *staretz* hubiera penetrado en mí, noté una gran claridad y un amor desbordante. Todo estaba brillante, todos eran infinitamente amorosos, yo estaba en una nube de dicha estremecida.

*

Tengo un vacío en la memoria en torno a lo que sucedió después. Sólo recuerdo que la señora de la casa, por alguna razón, me insistió en que me pusiera una camisa y unos calcetines blancos, que tuve que probarme allí mismo, ante todos los presentes.

–No puedo aceptar esta camisa –dije a sabiendas de la inutilidad de mi resistencia–. ¡No quiero estos calcetines! –pero dije aquello mientras me los estaba poniendo–. Nunca los he llevado –admití abiertamente–. Los peregrinos nos conformamos con unos chanclos. –Y apunté a mis chanclos, cuya miseria destacaba sobre la alfombra roja del salón en que nos encontrábamos.

El juez y su señora, así como el resto de las mujeres allí presentes, me obligaron a que me sentara en una de las butacas y allí, sin que yo pudiera hacer nada por evitarlo, unos antes y otros después, ¡empezaron a masajearme los tobillos y los pies! Ni que decir tiene que yo estaba totalmente abochornado, en especial cuando llegaron a envolverme las piernas, quién sabe con qué propósito, con una especie de vendas. Les supliqué que dejaran de hacerlo, que aquello no era correcto, que no me sentía bien. Fue todo en vano.

–Cristo lavó los pies a sus discípulos –sentenció el juez, un hombre de quien jamás habría esperado que se arrodillara ante mí.

Así que, sin poderlo evitar, abandonándome finalmente, me puse, como si fuera un niño, a llorar. Ellos también lloraban. Todos lloramos mucho, largo tiempo. Luego fuimos al porche, y allí seguimos llorando durante largo rato, sin hablar. Yo miraba las extrañas vendas que envolvían mis piernas y lloraba en silencio. Ellos me miraban a mí y lloraban también, emocionada y mansamente.

26. VISIÓN Y DISCURSO DEL PROFETA

Pero no pude mantenerme en silencio durante mucho más tiempo, pues vi en mi interior, de pronto, exactamente como si lo estuviera viendo en el exterior, cómo se desplomaba la iglesia del pueblo en que nos encontrábamos. Vi también cómo la gente se amontonaba en torno a las ruinas y cómo se afligían unos y otros con grandes lamentos, puesto que también sus casas se habían derrumbado y lo habían perdido absolutamente todo.

–¡Qué desgracia! –grité contra mi voluntad, con los ojos muy abiertos–. ¡La iglesia se está quemando y el campanario acaba de hundirse!

–Y ¿cómo puedes ver lo que pasa en la plaza, con lo lejos que está? –me preguntó el juez.

Pero poco después llegaron las primeras noticias y todos comprobaron que lo que había dicho era la pura verdad y que, en consecuencia, para mi pesar, yo había sido agraciado, gracias a mi *staretz*, con el don de la visión sobrenatural.

*

Cuando esto se puso de manifiesto, el juez tomó la palabra.

–Por el amor de Dios, díganos quién es usted. –Y volvió a caer a mis pies–. Ve lo que sucede a distancia, como hacen los profetas. Ha sanado a mi esposa, lo que le convierte en un curandero. Lee y escribe bien, como nos ha demostrado con el pasaje de Marcos, el Asceta; habla y razona correctamente, lo que no se consigue con una simple educación campesina. Debe de ser usted de familia noble, aunque ante nosotros se haya hecho pasar por un simple mendicante.

–Nunca he pensado en engañarles –les aseguré, desbordado por los acontecimientos–. ¿Por qué habría de hacerlo? Lo que he visto y lo que he hecho sólo he podido verlo y hacerlo porque se me ha aparecido mi sabio y difunto *staretz*, que hace unos minutos ha estado aquí, junto a nosotros.

Sólo desde ahí me explicaba que me hubieran lavado los pies. El espíritu de mi *staretz* me había poseído y ellos, al percibirlo de alguna manera, me habían tratado como si yo fuera él.

–¡Cuéntenos cómo era ese difunto *staretz* que acaba de estar aquí! –insistieron todos, como si yo fuera un profeta–. ¡Háblenos, háblenos!

No quería hablarles, me propuse no hacerlo, pero algo más fuerte que mi voluntad les habló:

–Lo único importante –les dije– es adentrarse, lo más silenciosamente que cada cual pueda, en el propio corazón, e invocar desde allí el radiante nombre de Jesús. Notaréis entonces una luz interior que hace que todo sea comprensible. –Quise callarme, pero no pude–. La cuestión es que estamos demasiado lejos de nosotros mismos y no queremos acercarnos. La cuestión es que cambiamos la verdad por bagatelas. –Luego me callé, pues recordé que el bienaventurado Hesiquio califica de parloteo incluso a la conversación más piadosa, sobre todo si dura demasiado–. Una buena palabra es plata –dije para terminar, sellando mis labios–, pero el silencio es oro puro.

27. FAMA DE SANTIDAD Y HUIDA
A LOS BOSQUES

Después de estos sucesos, por toda la comarca corrió el rumor de que yo era un curandero, un visionario y un profeta; y de todas partes empezaron a acudir a mí todo tipo de personas. Cada vez fueron más quienes venían a hablar conmigo; pero no sólo para que escuchara sus penas o para pedirme consejo –cosa que yo no deseaba hacer en absoluto–, sino incluso para saber dónde encontrarían cosas perdidas, o cómo encarrilar a sus hijos o esposos, que se habían dado al juego o a la bebida, o cómo encontrar alivio ante las muchas y temibles enfermedades que les afligían. Era evidente que algunos venían a mí como si fuera un brujo o un adivino. Además, me traían regalos de todas clases, con los que yo no sabía qué hacer.

*

El día en que se pusieron a venerarme, como si fuera un santo, temiendo que pudiera malograrme, tomé la determinación de partir. Y aquella misma noche me escapé de aquella mansión y me refugié nuevamente en los bosques, donde tan feliz había sido en otros tiempos. Tuve un pensamiento para el juez y para su dulce esposa, así como para el hijo del administrador, de quien me había encariñado durante las clases. Pero tuve que dejarlos a todos atrás y emprender otra vez mi camino solitario. Supe que mi decisión fue la correcta porque, desde el principio, no bien me adentré en aquellos bosques, me sentí totalmente despreocupado y ligero, como si me hubieran quitado un gran peso de encima.

Caminé doce horas seguidas, sin detenerme. Un sol radiante, una luz espléndida lo iluminaba todo; y mi alma no sabía qué hacer de tanta alegría. Dormí bajo un árbol y, antes de que amaneciese, reanudé mi caminata, alejándome de la civilización. El cielo, los árboles, las piedras…: todo lo que tenía ante los ojos me conmovía hasta el punto de saltárseme las lágrimas. Y a veces experimentaba un gozo tal que no lo puedo ni describir. Sólo me acompañaba la oración del corazón, una jaculatoria en cada paso. La dulzura de la plegaria constante era infinitamente más intensa allí, en mi soledad, que cuando me encontraba entre la gente, en la mansión.

Finalmente llegué a un lugar tan apartado que en tres días no encontré ni un solo pueblo. La dicha

que experimenté mientras me internaba en la espesura de aquel paraje era tan irresistible que, sin yo
decidirlo, a veces corría más que caminaba, y hasta
levantaba los brazos y me ponía a danzar. ¡He enloquecido, me decía –preso por el entusiasmo–, he
enloquecido sin remedio! ¡Por fin soy libre!, me decía también, dando saltos desgarbados; y recitaba
la plegaria sin cansarme, maravillándome de cómo
unas pocas palabras bastaran para darme todo lo
que en el fondo anhela el corazón de un hombre.

Breve ensayo sobre la

DEVOCIÓN

«En este mundo todos estamos locos.
La mayoría están locos por los placeres del mundo,
unos pocos estamos locos por la divinidad.»

Sri Ramakrishna

«La ilusión que yo he creado es muy difícil de vencer;
sin embargo, resultará fácil de superar
a quien persevere.»

Krishna a Arjuna

«Entre miles de hombres,
apenas uno se esfuerza por la perfección.
E incluso entre los adeptos que se esfuerzan
apenas uno me conoce verdaderamente.»

Bhagavad Gita VII, 3

Yo era un niño tan devoto que muchos domingos
me quedaba largo rato fascinado ante la trémula
luz del sagrario en una de las capillas laterales de la
iglesia a la que solían llevarme mis padres. Juntaba
las manos y entrelazaba los dedos para encomendarme a la Virgen, no tendría más de siete u ocho
años; y rezaba un Avemaría tras otro con un recogimiento y un fervor que hoy, al hacer memoria, me
resultan conmovedores. Siendo adolescente, poco
después, me sentí imperiosamente atraído por la
meditación y el orientalismo; y hasta llegué a soñar
con un viaje al Tíbet, que realicé décadas después.
Durante aquella etapa sentía deseos de correr grandes aventuras tanto por el mundo como por mi interior, por lo que pronto empecé a leer filosofía y
teología, antes incluso de ir a la universidad. Experimenté enseguida un notable interés por la metafí-
sica y por el más allá; y, como aquella inquietud

mía no era meramente teórica o intelectual, me propuse cultivar a diario, guiado por compañeros aún más fervorosos que yo, lo que en aquella época se conocía como vida de piedad: ofrecimiento del día, ángelus, misa, rosario, visita al Santísimo, examen de conciencia... Salpicar la jornada con aquellos pequeños, así llamados, actos de piedad, fue decisivo para mí.

Fue en ese caldo de cultivo, tan religioso como sentimental, cuando cayeron en mis manos los *Relatos de un peregrino ruso*,[1] de los que ya no me he separado hasta hoy, cuarenta años después. Sólo ahora puedo asegurar que este texto ha sido, sin ninguna duda, uno de los dos o tres elementos más decisivos en el desarrollo de mi personalidad. Aunque suene exagerado, no conozco un viaje místico, de cualquier tradición religiosa o filosófica, narrado con tanta gracia como inteligencia y, sobre todo, capaz de suscitar tanta emoción. Todavía más: el personaje del peregrino ruso fue, bien mirado, mi primer maestro de oración; fue él quien me hizo entender que había un método para llegar a Dios y, como es bien sabido, los mapas hacen los viajes más

1. *Relatos de un peregrino ruso*. Introducción y notas de Sebastià Janeras (traducción del ruso de Victòria Izquierdo), Alianza Editorial, Madrid, 2010.

eficientes. Así que me fie de la propuesta y empecé a caminar. ¡Y sigo en ello! La recitación de la jaculatoria del peregrino ruso me ha acompañado toda la vida –aquí debo reconocerlo–: a veces de forma muy intensa; otras, más en un segundo plano.

Todo habría sido muy diferente para mí de no haber leído los *Relatos de un peregrino ruso* en mi primera juventud, como también lo habría sido, probablemente, de no haber leído *La broma*, de Milan Kundera,[2] en mi segunda juventud, así como los *Ejercicios de contemplación*, de Franz Jalics,[3] ya en mi madurez. Porque hay libros que nos cambian la vida; y ojalá que también alguno de los míos –este mismo, ¿por qué no?– transforme para bien la de alguno de mis lectores. Si no escribimos para sellar la historia particular de un determinado espíritu, ¿para qué entonces? ¿Para perdurar en forma de papel? ¿Para que tallen en una piedra tu nombre?

Este breve ensayo sobre la devoción (y con devoción me refiero no sólo al sentimiento de profundo respeto, afecto y admiración que puede despertar

2. M. Kundera, *La broma*, Seix Barral, Biblioteca breve, Barcelona, 1990.

3. F. Jalics, *Ejercicios de Contemplación. Iniciación a la oración contemplativa*. Edición a cargo de Pablo d'Ors, Ediciones Sígueme, Salamanca, 2024.

una persona, causa o institución, sino concretamente al fervor religioso) quiero comenzarlo confesando que lo que ahora hago al sentarme a meditar es, en sustancia, lo mismo que hacía cuarenta años atrás, cuando era un jovencísimo estudiante de teología y recitaba piadosamente la oración del peregrino. La práctica del hesicasmo, que en esencia es el vínculo entre la jaculatoria o el mantra, el corazón y el silencio contemplativo, me ha hecho descubrir cómo se hermanan la vía de la meditación y la de la devoción. Porque, ¿cómo podría meditar un cristiano sin caldear el corazón? Y, ¿no es meditar, a fin de cuentas, *guardar todas esas cosas* en el corazón? (Lc 2, 19).

En efecto, en la meditación cristiana –aun en la más desnuda y despojada de toda forma– siempre hay, o al menos casi siempre, un tono cálido y afectivo, propio de la relación personal con Jesucristo. No me estoy refiriendo aquí a la oración afectiva –en la que prima lo volitivo y sentimental–, sino a la verdadera oración contemplativa: un ejercicio espiritual que incluye los deseos humanos (¿cómo excluirlos?), aunque al mismo tiempo los trasciende. En pocas palabras: la devoción religiosa puede conducir al silencio meditativo, y éste a aquélla. Porque, ante el amor, ¿no es la respuesta más sensata, la más cabal, sencillamente callar y admirar?

I

Poética: Escribir para ser

1. LA ADAPTACIÓN DE UN CLÁSICO

Relatos de un peregrino ruso es un pequeño clásico del cristianismo ortodoxo y de la literatura devocional: pequeño por su corta extensión y evidente falta de pretensiones; clásico, en cambio, porque pocos libros, al menos en el ámbito religioso, han logrado tocar tanto el alma de sus lectores.

Sea por su mensaje espiritual o por su estilo literario, claramente naif, estos relatos, quizá el mejor puente entre el catolicismo y la ortodoxia, me han tenido siempre muy obsesionado, al igual que, según he comprobado, a tantos otros escritores. Pueden leerse referencias a nuestro *Peregrino* en estas novelas, entre otras: *Los hermanos Karamázov* (1880), de Fiódor Dostoyevski; *Franny y Zooey* (1961), de J. D. Salinger –que contribuyó enormemente a su popularidad–; en el reciente *El Reino*

97

(2014), de Emmanuel Carrère, y, por supuesto, en algunos de mis propios títulos, en particular en *Entusiasmo* (2017), donde el protagonista –evidentemente, mi *alter ego*– explica cómo se encontró con este librito y qué efecto tuvo su lectura en él.[4] Ésta es la razón, probablemente, por la que, cuando un amigo me propuso adaptar este enigmático texto al teatro –con la intención de interpretarlo él mismo–, acepté el desafío en el acto. Tuve una corazonada y me puse a trabajar con buen ánimo.

Seleccioné los pasajes que me resultaban más significativos; los reordené según una nueva estructura, no sin comprender que la secuencialidad del original no era ni mucho menos arbitraria; fundí episodios y personajes, simplificando ramificaciones que consideré innecesarias, y, finalmente, volví a redactar algunos fragmentos, sea porque me parecían prolijos o para hacerlos más coherentes. Nunca me atrevería a decir que mi versión mejora el original, pero sí que lo hace más accesible, que es de lo que se trata. Todas mis anteriores lecturas de esta hermosa historia –y habían sido muchas–

4. Ver P. d'Ors, *Entusiasmo*, Galaxia Gutenberg, Barcelona, 2017, pp. 131-135, núm. 24. También *El olvido de sí,* Galaxia Gutenberg, Barcelona, 2013, y *Biografía de la luz,* Galaxia Gutenberg, Barcelona, 2021.

se conjuraron en la que hice de cara a esta adaptación.

Descubrí que mi afinidad con esta obra no se reduce a su contenido –sobre el que me extenderé en este pequeño ensayo–, sino, y en semejante proporción, a su estilo, diáfano y evocador. Tan es así que, concluida mi tarea, me resultaba difícil distinguir... ¡qué era del original y qué de mi cosecha! La literatura nace de la literatura –eso lo he afirmado muchas veces–; pero esto sólo lo comprendí plenamente reescribiendo *El peregrino*. Porque esta versión mía, como el lector comprobará a poco que coteje ambos textos, es una auténtica y osada reescritura: no sólo me he limitado a resumir y a reordenar –algo imprescindible para versionar–, sino también a dotar al conjunto de una estructura más ágil y trabada, tratando de sujetar al lector con el gancho de la trama.

Para ampliar mi punto de vista, seleccioné a unos cuantos amigos, cuya trayectoria vital admiro, y les pregunté por su impresión sobre este libro. Todos coincidieron en que la narración les encantaba, sí; pero, curiosamente, ¡ninguno de ellos supo decirme exactamente por qué! Es muy bonito, me dijeron algunos. ¡Maravilloso, inolvidable!, exclamaron los más expresivos. Pero no pasaban de ahí. A lo más que llegó uno fue a decir que las reflexiones que contenía sobre la oración y, en general, sobre la vida interior, eran muy frescas y profundas. Pero eso era todo. Esto me parece importante: *El peregrino ruso* posee un misterioso atractivo para los buscadores espirituales; pero, para la mayoría, no resulta fácil dar con la causa de semejante fascinación.

El escolástico que llevo dentro creyó ver en estas narraciones un esquema teológico que, en su momento, me pareció incontestable, y que resumo aquí en sus trazos fundamentales para que se vea hasta dónde puede llegar la temeridad de la especulación. Tras escuchar y aplicar las enseñanzas de su maestro, el peregrino se hace consciente, gracias al ritmo de su respiración y a los latidos de su corazón, de su propia realidad corporal. Este descubrimiento le conducirá con el tiempo a darse cuenta de cómo el universo entero es también un cuerpo, es decir, un organismo vivo. Será esta revelación la que le conduzca a disfrutar del esplendor de la naturaleza, de la humanidad de sus semejantes y, en fin, de la verdadera comprensión de la Palabra (de la Biblia y de la *Filocalia*). Poco más o menos era esto, algo más desarrollado, lo que llegué a explicar sobre *El peregrino ruso* en alguna de mis clases y homilías. ¡Tonterías! Nuestro *Peregrino*, el original... ¡no sigue en absoluto esta plantilla ni cualquier otra! Ésa fue la clave que quise imponerle yo, para que todo resultara así más comprensible y pedagógico. Esta obra no es teología en sentido estricto, pero es indudablemente un libro teológico; tampoco es lo que normalmente se conoce por literatura, pero resulta evidente que es un texto literario. No es nada del todo... ¡para serlo todo! Quizá sea ésta, precisamente, la particularidad de este texto, lo que, por otra parte, sucede también con los evangelios.

Nunca sabe uno bien, cuando empieza a trabajar en un proyecto, adónde puede conducirle su empresa –pues, de saberlo, lo más probable... ¡es que nunca lo empezaría! Quiero decir que trabajar en un texto, sobre todo si realmente se trata de uno importante, es permitir que ese material te trabaje. Y éste ha sido el caso, indudablemente, de mi reescritura de *El peregrino ruso*, con el que mi propia fe –y, por ello, mi estilo de vida– ha sido puesta radicalmente en cuestión. Porque me permito decir –siempre con el respeto que merece la tradición– que hay en este libro, por maravilloso que me resulte, algunos pasajes en que se nota que fue escrito hace más de cien años, en un momento en que el contexto mental era distinto al actual y, en consecuencia, en que se carecía de la información espiritual de la que ahora gozamos. Pero esto no es, evidentemente, una crítica, sino más bien una amigable aportación complementaria.

El personajillo del que hablan estos *Relatos* me ha hecho peregrinar por todos y cada uno de los paisajes y vericuetos que él recorrió; y, cuantas más verstas hacía a su lado, más claras me resultaban tanto mis resistencias y objeciones como mi entusiasmo y adhesión. Y así hasta que llegó el punto en que descubrí que ya no era el peregrino quien caminaba junto a mí, sino que el peregrino era… ¡era un espejo de mi identidad!: que me había convertido en él, al menos en cierta medida. Ésta es la experiencia de la verdadera lectura; también la experiencia de la verdadera meditación: que no hay dos, sino uno solo, sólo uno.

Presentaré a continuación algunas consideraciones sobre el contexto religioso al que apunta esta pequeña y gran obra –el llamado hesicasmo–; y concluiré con algunas reflexiones –confío que útiles y precisas– sobre la propuesta espiritual que plantea.

2. LAS ANDANZAS DE UN BUSCADOR

Los *Relatos de un peregrino ruso* cuentan las andanzas de un joven campesino que, alentado por una intensa llamada interior, emprende una existencia errante en busca de un maestro que le enseñe a orar sin interrupción: «Decidí buscar a un hombre experimentado y sabio que pudiera enseñarme aquello que tan violentamente atraía a mi alma.» Todo el libro puede leerse, de hecho, como un largo comentario a la expresión bíblica «orad incesantemente» (1 Tes 5, 17), por lo que no puede sorprender que su título original fuera: *El buscador de la oración incesante.*

Cuando se editó por primera vez se daba por sobreentendido que su protagonista era ruso, por lo que en el título original no constaba este adjetivo. Fue en la traducción alemana cuando este dato apareció por primera vez, extendiéndose más tarde al resto de los países europeos, incluido España. En el área lingüística inglesa, griega, latina y polaca, sin embargo, el título fue, simple y llanamente, *Relatos de un peregrino.*

Peregrino es la palabra que traduce *strannik*, lo que resulta inexacto, puesto que un peregrino es quien abandona su hogar con la intención de regresar al mismo concluida su peregrinación, mientras que un *strannik* es algo así como un nómada pertinaz, alguien cuya vocación es, justamente, vagar siempre sin una meta.[5] En efecto, nuestro peregrino

5. Como dice mi amigo Maciej Bielawski, autor de un espléndido ensayo sobre esta obra, el *strannik* es un renunciante, un *homo viator*, o incluso un *homo absconditus*,

ni se dirige a parte alguna ni tiene una intención precisa: un santuario o una ciudad santa que visitar, unas indulgencias que ganar… Como el famoso Basho en sus visitas a poetas y monjes zen, recorriendo santuarios, picos nevados, islas y bosques del agreste Japón de su época,[6] también nuestro peregrino siente la nostalgia del vagabundeo y del viaje; y se entrega a él como medio para buscar a Dios. Porque a donde peregrina –resulta evidente– es a su propio centro, como demuestra al acoger la realidad tal y cual se le presenta, dulce o cruda, aunque para ello pida tener siempre a mano el alimento espiritual con que afrontarla: el libro de la *Filocalia* y la oración de Jesús. Sólo eso le preocupa, ése es el centro desde el que poder comprenderle, de ahí dimana toda su luz.

Resulta imposible saber a ciencia cierta si este incansable buscador del Absoluto existió realmente o si, por el contrario, se trata sólo de un persona-

---

como demuestra que, al ser preguntado sobre si era un mendigo, el peregrino sostiene que no lo es. Ver M. Bielawski, *Strannik. Spritualità del pellegrino ruso*, Lemma Press, Bergamo, 2017.

6. Ver Basho, *De camino a Oku y otros diarios de viaje*, traducción de Jesús Aguado, José J. De Olañeta, editor, colección El barquero 165, Palma de Mallorca, 2015.

je de ficción. Como yo mismo soy autor de varias novelas y relatos, sé por experiencia que casi ningún personaje literario nace de la pura fantasía, sino que casi todos hacen referencia, aunque sea remota, a alguien de carne y hueso, si bien metamorfoseado por la imaginación propia del creador.

Mientras se escribían los *Relatos de un peregrino*, también escribían sus obras Pushkin († 1837), Lérmontov († 1841) y Gógol († 1852), por sólo citar a los más ilustres. De esa misma época es la famosa novela *Padres e hijos* (1862), de Turguénev; los *Relatos de Sebastópol* (1855-1856), de Tolstói; así como *Noches blancas* (1848) y *Memoria de la casa de los muertos* (1861), de Dostoyevski. Aunque nuestro *Peregrino* no está completamente al margen del rico fermento cultural del XIX ruso –con su impronta de inocencia y pureza–, sin dejar de ser decimonónico, nada hay en el texto que permita situarlo en esa época tan fecunda filosófica y artísticamente, lo que le otorga una dimensión universal, lejos por tanto de lo folclórico o local. Esto es, sin duda, lo que constituye el verdadero secreto de su buena acogida.

Las causas de la buena recepción de ese tratado narrativo-teológico son, en mi opinión, estas dos. La primera es el mito que se crea en torno a la grandeza de Rusia tras la Revolución. La segunda, en fin, su valor literario, sobre todo cuando se traduce a las lenguas occidentales, puesto que el ruso original en que se escribió era muy arcaizante. La razón por la que en la actualidad se sigue editando y leyendo es que impulsa a sus lectores a una vida más interior, contemplativa y devocional, dentro del marco del cristianismo.

*

Estos *Relatos*, escritos entre 1848 y 1863, se editaron por primera vez en Kazán, Rusia, hacia 1865, si bien de forma bastante doméstica y, al parecer, con no pocos errores tipográficos. Lo más probable es que el movimiento socialista de la época no favoreciera su difusión, con lo que habrá que esperar hasta 1884 para que viera la luz una publicación más definitiva.

Hay que advertir que existe una segunda parte, que apareció casi tres décadas más tarde, y que recoge las conversaciones entre un maestro y su discípulo; pero esta continuación no tiene, ciertamente, el encanto de la primera. En su prefacio se avisa de que su autor es un monje ruso de Athos, anónimo hasta hace no mucho. Hoy se sabe ya que se trata de Arsenij Troepolski (1804-1870), quien, tras ser educado en Moscú, en una familia aristocrática, escribió algunas obras de carácter ascético y hagiográfico. Su autoría está altamente atestiguada. En primer lugar, porque el manuscrito se encontró en la biblioteca de este monje, si bien es posible que, por la modestia a la que le invitaba su condición religiosa, lo hiciera circular de forma anónima, y, en segundo lugar, porque otros escritos suyos tienen reveladoramente el mismo estilo y temática.

Sabemos que, tras estudiar literatura y entrar en el monasterio moscovita de San Sabas –tomando el nombre de Arsenio–, Arsenij Troepolski residió en distintos monasterios y fue capellán militar de una flota en el mar Báltico. Decidió relatar las conversaciones que en su día mantuvo con un desconocido *strannik*, lo que hace que el género de esta obra oscile entre la autobiografía, la novela mística y el libro de piedad. En la frescura y sinceridad que desprenden estas páginas, cuyo estilo literario es afín al oral –con abundantes expresiones coloquiales y un vocabulario más bien arcaico– radica, en mi opinión, buena parte de su encanto.

Los sucesos que se narran están ambientados tras la guerra de Crimea y antes de la abolición de la servidumbre, es decir, entre 1856 y 1861. Las atmósferas en que se suceden las historias, y que no se describen con particular detalle, son las inmensas llanuras rusas, los caminos atestados de bandidos, las ventas y posadas para pernoctar y, por supuesto, las iglesias, ermitas y monasterios. Es por estos escenarios, tan reconocibles, por donde desfilan muchos de los personajes de los que habíamos tenido noticia por la novelística rusa: nobles y príncipes, por ejemplo, pero de igual modo asalariados, borrachos, funcionarios... También aparecen muchos presos, condenados a trabajos forzados, correos imperiales, desertores del ejército... Y, por supuesto, campesinos, maestros, eclesiásticos... Cabe decir que toda la Rusia de aquellos tiempos palpita en esta narración, que afronta directamente el principal secreto del alma rusa: su piedad religiosa.[7] Con tanta misericordia como realismo poético,

7. Lo del alma eslava es, según Maciej Bielawski, un prejuicio típicamente moderno que nace en ambiente francófono y que se refuerza con el romanticismo. Esa supuesta alma rusa o eslava se caracterizaría, en teoría, por ser melancólica, comunitaria y religiosa. Lo cierto es, sin embargo, que, tras setenta años de ateísmo soviético, Rusia había quedado religiosamente devastada. Lo que pasó fue –según me contó él mismo– que la generación beat, borracha de Dostoyevski, hizo en su tiempo una peculiar simbiosis entre el hinduismo, con su yoga y meditación, y el mantra del peregrino, con su eterno deambular por los impenetrables bosques de Siberia. Fue así, en la amalgama entre el muchacho buscador, la oración del corazón y el mito legendario de los

Troepolski deja ver en todos estos personajes las indudables virtudes del pueblo ruso, así como también sus principales vicios y defectos.

Como todo gran libro, éste apunta a otro: la *Filocalia*, una compilación de textos místicos, escritos en griego, entre los siglos IV y XIV, por una treintena de padres de la Iglesia, teólogos y monjes bizantinos.[8] Nuestro protagonista lee y relee a cada rato la *Filocalia*, según nos cuenta, de modo que este peregrino no se limita a caminar y a rezar, sino que alienta su oración y su camino con la lectura.

El maestro o *staretz* que le descubrirá la *Filocalia* someterá a su discípulo a un régimen ascético de, digamos, entrenamiento progresivo, haciéndole repetir una jaculatoria («fórmula» la llama él) primero tres mil veces por día, luego seis mil y, por fin, nada menos que doce mil veces. Sólo llegado ese momento deja el peregrino-discípulo de llevar la cuenta, aprendiendo a asociar a la respiración y al corazón la frase prescrita: «Señor Jesucristo, Hijo de Dios, ten piedad de mí, pecador». Y así hasta que llega el punto en que ya no pro-

---

bosques, como nace ese arquetipo naif que tan bien sintonizó con la mentalidad y sensibilidad de aquella época.

8. Aconsejo esta selección: *La Filocalia de la oración de Jesús*, Ediciones Sígueme, Salamanca, 2007.

nuncia palabra alguna, quedando tan sólo la escucha, la presencia.

El libro detalla cómo esta «oración de Jesús» fructifica en el alma ayudándola a despertar, sirviendo de alimento para el hambre, de reposo en la fatiga y de protección ante los peligros de una vida a la intemperie. Pero lo que explica más pormenorizadamente, además de estas ventajas corporales, es cómo esta práctica devocional favorece la buena marcha de las relaciones interpersonales: *Todo el mundo aparecía a mis ojos bañado de bondad* –leemos en uno de los pasajes más emotivos–; *me parecía que todos me amaban. Sentía por todos un afecto tan grande (que era) como si fueran de mi familia.*

También se explica cómo enseña esta sencilla y repetitiva oración a mirar la naturaleza de un modo nuevo y ardiente: *Todo lo que me rodeaba se me aparecía bajo un aspecto de belleza. Todo oraba, todo cantaba la gloria de Dios.* Cito literalmente porque en esta cuestión se refleja una visión muy positiva del mundo, algo que no es patrimonio exclusivo del Oriente cristiano, sino más bien –y es importante resaltarlo– la impronta profunda del cristianismo clásico. En efecto, en la cosmovisión cristiana la Creación sigue siendo buena aun después de la llamada caída de los primeros padres. Por eso mismo, resulta lamentable que desde la temprana Edad Media occidental se haya remarcado después, y tan exageradamente, la teología del pecado y de la cruz. Ha sido el mundo moderno, con su acento en el sujeto y su visión antropocéntrica, la que ha provocado que este sentido «cósmico», propio de la teología patrística, mucho más luminoso y benévolo, haya quedado relegado a un injusto segundo plano.

Pese a lo dicho, confieso que en estas páginas echo de menos el agua, los pájaros, la primavera, las lagartijas… El peregrino ruso carece, definitivamente, del entrañable espíritu franciscano. Nunca habla de los volcanes, de los solsticios, de las estrellas… Apenas menciona la nieve o la diversa luz que riega los campos y los senderos según las estaciones. Este peregrino se olvida de que el ser humano no es independiente del pájaro o del árbol. Lo enuncia, sí, pero no lo canta. Claro que ningún linaje espiritual puede pretender agotar en su propuesta toda la riqueza de la tradición a la que pertenece.

En este proceso de caminante y guerrero de la vida interior, el medio principal que condujo a nuestro peregrino a estos sentimientos tan encendidos fue la recitación de un mantra, más concretamente, el nombre de Jesús. Entre ese nombre y la persona a Quien perteneció existía para él un misterioso vínculo. Viviendo siempre errante –sin una piedra donde reposar su cabeza–, la oración incesante se convirtió para este campesino contemplativo –y esto es lo central– en un modo de fijar la atención y de anclarse en su centro.

Los monjes hesicastas, sobre los que enseguida escribiré, se caracterizaron precisamente por esta aspiración –estar siempre en su centro–, así como por este procedimiento: la repetición constante, o al menos frecuente, de una breve plegaria. Esta manera de ponerse en contacto con Dios, que subraya más la interioridad que la otredad –el yo por encima o antes del tú–, puede hacer pensar en un sistema automático o mecánico, sin que medie la intención, propia de la subjetividad. Pero ¿no se asemeja esta práctica devocional al rezo del rosario, por ejemplo, con el que el Occidente cristiano está más familiarizado, y que bien podría considerarse como un largo mantra? ¿Y no es también parecidísima al llamado *dhikr*, una forma de meditación y un acto devocionario islámico, en el que se repiten los noventa y nueve nombres de Dios, asegurando que esta práctica conduce al éxtasis?

3. LA CORRIENTE DEL HESICASMO

El peregrino ruso ha sido calificado de novela hesicasta. «Hesicasmo» es un término que proviene de *hesychia*, que significa búsqueda de la paz interior y de la unión con Dios por medio del silencio y la quietud. Es a esto, a fin de cuentas, a lo que aspiraban los padres y madres del desierto, así como los primeros monjes cristianos.

El hesicasmo es, más concretamente, esa corriente espiritual que, en la tradición cristiana oriental, va del siglo v al xviii, momento en que se extiende a Rusia, para de ahí pasar a Occidente gracias precisamente a *El peregrino ruso*. En razón de donde prosperó, el hesicasmo tuvo dos etapas bien diferenciadas: la sinaíta y la atonita. La primera surgió en torno al 400, en los desiertos de Egipto. La segunda, cuando el centro de la práctica y de la difusión de esta forma de oración dejó de ser el Sinaí y pasó al monte Athos.

Los hesicastas daban primacía a lo carismático sobre lo jerárquico o institucional, a la contemplación sobre la reflexión y la acción. Inicialmente eremíticos y más tarde cenobíticos, podrían bien identificarse con lo que hoy conocemos como meditación cristiana, y han marcado al cristianismo ortodoxo tanto como pudo haber marcado al católico la Contrarreforma o los concilios de Trento y del Vaticano.

Al final del primer milenio, los monjes hesicastas empezaron a instalarse en el monte Athos, donde este tipo de oración pervive hasta la actualidad. En esta «montaña santa» se fueron construyendo decenas de ermitorios y monasterios, que transformaron esa península griega en una república monástica, que hace unos años tuve el privilegio de visitar. En su época de máximo esplendor, vivieron allí miles de consagrados; y su fama se extendió de tal manera que, a partir del siglo XI, fue el destino de peregrinación preferido para el pueblo ruso. Y todavía hoy nos atrevemos algunos buscadores cristianos a viajar a este fascinante lugar, por cierto de bastante difícil acceso.

*

El hesicasmo, cuya imagen más representativa es, seguramente, el célebre icono de la *Trinidad* de Andréi Rubliov, debe considerarse como la continuación histórica y natural de los padres y madres del desierto, puesto que ambas corrientes insistieron en la imperiosa necesidad del retiro o ruptura con el mundo; y porque ambas subrayaron, frente a otras escuelas más espiritualistas, el acceso a la interioridad por medio del cuerpo.

Por lo que se refiere al retiro, Evagrio Póntico (345-399), su principal divulgador, insiste en la necesidad de apartarse del mundo lo más radicalmente que sea posible.[9] Como otros autores de la *Filocalia*, este reputado pensador y orador insistió en el carácter de combate de todo camino espiritual, algo que de ninguna manera puede experimentarse sin el retiro o apartamiento. Ilustró esta tesis con un interesantísimo mapa de las pasiones humanas, que constituyó algo así como el primer elenco de los pecados capitales. De la superación de todas las tentaciones y vicios reseñados, de ese desapego de los afanes terrenos (vaciamiento, diríamos hoy) depende lo que él llama la *nepsis* o sobriedad, que consiste en mantener la mente serena y el corazón dispuesto. Este permanecer en el propio centro con todas las facultades despiertas constituye, en su opinión, el programa básico de la verdadera vida interior. Es por eso que en la tradición bizantina se les llama «népticos» a estos monjes. Una *nepsis* que, obviamente, va unida a la *prosoché*, que significa atención.

Por lo que respecta al cuerpo como puerta o camino hacia el alma, la teología hesicasta habla

9. Evagrio Póntico, *Obras espirituales*, Editorial Ciudad Nueva, Biblioteca de Patrística, Madrid, 1995. «No es posible tener éxito en la vida monástica y frecuentar al mismo tiempo la ciudad, en donde el alma se llena de una muchedumbre de pensamientos variados.»

tanto de las técnicas respiratorias –algo escasamente subrayado por la tradición católica– como de la postura durante la meditación, proponiendo focalizarse en el ombligo como centro de gravedad física, psicológica y espiritual de la persona. Por lo que atañe a la respiración, se sugiere la analogía entre el acto humano de inhalar y exhalar el aire con ese soplo vivificante con que suele compararse al Espíritu Santo.

Sin embargo, cuanto más se empeñaban los hesicastas en subrayar la importancia del cuerpo como vehículo –basándose en sus experiencias sensibles–, más a menudo y con más virulencia fueron condenados por herejes. ¡Hasta les acusaron de situar el alma en el vientre, como si el alma fuera una experiencia local! De esta disputa teológica, conserva la cultura occidental la despectiva expresión «mirarse el ombligo», para referirse a quien, lejos de la realidad concreta y visible, sólo se atiende a sí mismo. Siendo muchas y profundas las discrepancias entre el Oriente y el Occidente cristianos, existen en el ámbito oracional, por contrapartida, llamativas confluencias. Porque esa atención al vientre y al nombre de Jesús –que tanto se acentúa en el Oriente cristiano– corresponde en Occidente, sin ningún género de duda, al «bendito el fruto de tu vientre, Jesús», que se recita en el rezo de los

Avemarías. No parece probable que esto sea una mera coincidencia.

Tanto los padres del desierto como los hesicastas fueron tachados de quietismo y de subjetivismo, acusaciones a las que han tenido que hacer frente, de un modo u otro, todos los movimientos netamente espirituales hasta la actualidad. Ambas corrientes se defendieron con sólidos argumentos, poniendo de manifiesto que su vida contemplativa los conducía tanto a la práctica de la caridad fraterna como a la profundización en la doctrina. No es el propósito de este pequeño ensayo elaborar una historia del hesicasmo, por lo que me centraré a continuación en lo principal de su legado: la atención amorosa al cuerpo y a la mente. Porque ésta es la cuestión: insertando una palabra en el corazón, es decir, recitando un mantra al tiempo que la mirada interior se dirige al propio centro, el hesicasmo asegura que se llega al puerto de la paz interior y, en última instancia, a Dios. Y ésta es, propiamente, la experiencia del peregrino ruso.

4. LA CUSTODIA DEL CORAZÓN

Las constantes vitales que el cuerpo humano mantiene siempre, más allá de cuál sea la situación que atraviese, son –como sabemos– la respiración y los latidos del corazón. Ya durmamos, comamos, hablemos o hagamos cualquier otra cosa, el cuerpo respira y el corazón late. Por esta razón, si se consigue situar la oración tanto en la respiración como en el corazón, es posible orar sin solución de continuidad, logrando algo así como un culto o servicio ininterrumpido a Dios. Esto es importante porque el problema que ha preocupado a los cristianos orientales desde siempre ha sido cómo orar sin cesar, sin detenerse. De modo que, al igual que los occidentales buscaban santificar el tiempo orando en las principales «horas» del día –como se acostumbra en una jornada monástica benedictina, alentada por el *ora et labora*–, la espiritualidad oriental trata de vivir en la Presencia consagrando cada instante mediante la consciencia corporal.

Este planteamiento podría formularse, según la sensibilidad cultural contemporánea, de esta manera: ¿cómo estar siempre en el aquí y ahora, sin escaparse con lo mental?, ¿cómo permanecer en atención plena en cualquier circunstancia? Se trata, pues, de una cuestión que también hoy está de actualidad. A este fin, los hesicastas propusieron convertir el corazón en una especie de celda monástica, donde se pudiera permanecer a solas con el Único, unificados.

Los occidentales pensamos que es en el corazón donde está el centro del ser humano, como demuestra adónde apuntamos cuando decimos «yo»: no a la cabeza o al vientre –lo que invitaría a pensar en lo mental o en lo visceral–, sino precisamente al pecho, muy cerca del corazón. El término *meditatio* significa de hecho, reveladoramente, peregrinaje al propio centro; y ese centro simbólico es para los occidentales, definitivamente, el corazón, no entendido en clave sentimental –como hacen las películas y novelas románticas–, sino como síntesis del hombre interior, es decir, como alma. Pero el alma, aunque no local –como el corazón–, es algo real, no una mera entelequia. No es de extrañar entonces que en la tradición judeocristiana se subraye el mandato «*amarás a Dios con todo tu corazón*». Porque amar y rezar es en el cristianismo –no hay ninguna duda– un asunto eminentemente cordial.

El tema del corazón está ligado claramente al de la sangre, que es líquida como el agua, pero roja como el fuego. Para la mentalidad bíblica, las aguas simbolizan la vibración original de lo creado. En los orígenes del mundo, según el Génesis, el Espíritu aleteaba sobre esas aguas. La sangre, por lo demás, representa la vida; de ahí, precisamente, los sacrificios rituales de animales entre las gentes del Antiguo Testamento: a Yahvé se le devolvía, de manera cultual, la misma vida que Él había creado. En el Nuevo Testamento, en cambio, esa sangre es la del propio Jesucristo: su vida entregada y redentora.

Pudiera parecer que toda esta teología de la sangre y del corazón –bastante lejana a nuestra sensibilidad actual, por cierto– tiene un tono penitencial, puesto que la iglesia antigua utilizaba a menudo la fórmula *kyrie eleison* (Señor, ten piedad) para orar. También los hesicastas aplicaron en sus prácticas esta breve oración, si bien hay que advertir que la palabra «piedad» comportaba en la antigüedad un significado mucho más amplio y rico que el que reviste en la actualidad. Para ellos, *kyrie eleison* no era para pedir perdón, sino para manifestar el deseo de un vínculo; era un modo de hacer referencia a cómo las pasiones o apegos sofocan ese impulso a la adoración que constituye la naturaleza original del ser humano.

A lo que aquí se está apuntando –y ésta es la cuestión– es a cómo la verdad y el amor deben ir unidos, para no degenerar en el sentimentalismo o en el intelectualismo, las dos principales tentaciones. Porque la inteligencia, cuando se separa del corazón, queda a merced de los impulsos de la naturaleza y de la hipnosis de la cultura. Ese *kyrie eleison*, por tanto, acompañado con golpes de pecho –para así unir cuerpo y palabra en la misma intención–, tiene como propósito despertar al corazón, a menudo oculto y perdido entre las nubes de las emociones y los sentimientos, e inconsciente de la verdad íntima del propio ser. Ese *kyrie eleison* ayuda a entender –por decirlo en una metáfora– que las nubes pasan y el cielo permanece, es decir, que lo oscuro no tiene solidez y que, en último término, sólo existe la luz.

Despertado el centro de su letargo, el trabajo espiritual consiste, según los hesicastas, en dirigir la mirada interior al órgano del corazón, imaginándolo como el lugar simbólico de nuestra vida afectiva y volitiva. Acto seguido, se trata de arrojar a ese punto, como si fuera una marmita o un brasero, todos los pensamientos y sentimientos que puedan sobrevenirnos, permitiendo que se quemen. Por último, la meditación hesicasta consiste en quedarse en el sonido y en la sensación del latido, escuchando en él la vida y, en ella, al Dios de la Vida, y ello hasta que el orante llega a convertirse en el latido mismo, siendo uno con él. A estas alturas, quien busca a Dios ha dejado ya de hacer oración para ser él mismo oración. Y es así como el acto de oración ha quedado sustituido por un estado de oración, que es la verdadera naturaleza del ser humano.

En este proceso se va fraguando algo así como un corazón consciente, es decir, la unión –por la oración– de lo volitivo y sentimental con lo racional e intelectual. De manera que esta práctica meditativa nada tiene de antiintelectual, como algunos imaginan y hasta objetan, sino que más bien –digámoslo como lo decían los hesicastas– crucifica y resucita la mente, despertando al testigo de la consciencia, en la que se invita a establecerse.

Esta actitud de permanente alerta de la consciencia cordial desenmascara, antes o después, las pasiones y tentaciones que enturbian la autorrealización; y es así como abre un camino, lento pero inexorable, hacia el santuario interior, donde mora la verdad.

En cuanto representante del hesicasmo, nuestro peregrino propone precisamente este método de cultivo interior, para así penetrar en ese bloque de noche y de desierto que todo ser humano lleva dentro.

5. LA RECITACIÓN DEL NOMBRE

Si el trabajo espiritual con el cuerpo se realiza en el hesicasmo mediante la atención al corazón, el que se realiza con la mente es por medio de la recitación de un mantra o jaculatoria, a menudo el nombre de Jesús. Pero no se recita este nombre como quien ambiciona algún bien, sino como quien generosa y humildemente se ofrece a él.

Tanto para las religiones arcaicas como para la bíblica, conocer el nombre de Dios significaba, como es bien sabido, disponer de su poder. Recitar el nombre divino era una manera de acceder a Su presencia y recibir Sus favores. De hecho, entre los hebreos, la palabra «Yahvé» era tan respetada que se pronunciaba sólo una vez al año, en la llamada festividad del *Yom kipur*. Todos los libros de la Biblia, en particular el de los Salmos, dan testimonio de este respeto sagrado: el nombre de Dios aparece en ellos como un refugio y un auxilio –cierto–, pero también como un objeto de culto.

Por lo que se refiere al Nuevo Testamento, lo primero que aparece en él sobre el nombre divino es el anuncio a la Virgen María por parte del ángel Gabriel. El Niño que iba a nacer –según la reiterada promesa– debía ser llamado *Yesuah*, que significa salvador.[10]

10. A partir de ahí, cuatro son los textos que apuntan al culto del nombre de Jesús. Primero: «Dios le otorgó un nombre que está sobre cualquier otro nombre, para que al pronunciar el nombre de Jesús doblen sus rodillas los seres celestiales, los de la tierra y los infernales...» (Fil 2, 9-10). Segundo: «Y no hay salvación en ningún otro, pues ningún otro nombre debajo del cielo es dado a los hombres para salvarlos» (Hch 4, 2). Tercero: «En verdad os digo que todo

Pero, más que en los evangelios o en las cartas paulinas, donde el nombre de Jesús ocupa un puesto de honor es en los *Hechos de los Apóstoles*, donde se dice que gracias a este nombre se predica la Buena Nueva, se confiere el bautismo y se realizan curaciones y otros signos (Hch 3, 16). La insistencia en el nombre de Jesús en este libro bíblico no se basa en la creencia en su presunto poder mágico, puesto que nadie puede hacer un uso eficaz de él independientemente del contacto interior que mantenga con Cristo. El esplendor del nombre llega sobre todo tras el día de Pentecostés, cuando los apóstoles se hicieron capaces de anunciarlo, como dicen, «con poder». Sólo la precariedad de la fe y de la caridad impide renovar, en el nombre de Jesús, los frutos prometidos en el acontecimiento pentecostal: hablar lenguas, arrojar sombras o demonios, imponer las manos a los enfermos y curarlos... La mentalidad moderna, cientifista y escéptica, descarta todo esto, tachándolo de primitiva

---

lo que pidáis al Padre os lo concederá en mi nombre. Pedid y recibiréis» (Jn 16, 23-24). Y cuarto: «Muchas otras señales hizo Jesús en presencia de los discípulos que no están escritas en este libro; y éstas fueron escritas para que creáis que Jesús es el Mesías, el Hijo de Dios, y para que creyendo tengáis vida en su nombre» (Jn 20, 30-31).

superstición. Sin embargo, los testimonios de que todo esto sigue existiendo hoy son irrebatibles.

Dando un salto en la historia, también los padres y madres del desierto conocían bien el poder del nombre de Jesús. En san Agustín, por ejemplo, hay en este sentido un texto capital: «Se dice que los hermanos de Egipto hacen oraciones frecuentes y muy breves, como pronunciadas rápidamente».[11] Estas oraciones (*quodammodo jaculatas*, escribe) dieron origen al término «jaculatoria», que alude a algo así como una flecha que se lanza rápidamente al corazón de Dios.

La jaculatoria más frecuente en aquella época primitiva era, probablemente, aquella con la que hoy se comienza el rezo de las horas litúrgicas: «Dios mío, ven en mi auxilio, Señor, date prisa en socorrerme»(Sal 70, 2). Es cierto que aquí no se hace mención explícita del nombre de Jesús; pero, cuando se produzca el encuentro entre este nombre y la respiración, será cuando nazca, propiamente hablando, lo que se conoce como «oración del corazón», que es, con toda probabilidad, el gran tesoro de la Ortodoxia. Esta fusión entre recitar y respirar fue obra del hesicasmo, como ya he apuntado.

11. San Agustín de Hipona, *Epístola 130*, carta dirigida a Proba.

Aunque el mantra preferido y, seguramente, más antiguo de los padres y madres del desierto fue *kyrie eleison*, la fórmula más común, de la que tenemos noticia precisamente por el peregrino ruso, fue: «Señor Jesucristo, Hijo de Dios, ten piedad de mí, pecador». Esta fórmula amalgama, modificándolas ligeramente, dos citas evangélicas: el grito del ciego de Jericó, que implora a Jesús su curación («Hijo de David, ten piedad de nosotros», [Mt 9, 27]) y la humilde petición del publicano («Oh, Dios, ten piedad de mí», [Lc 18, 13]). Esta frase prevaleció porque sintetiza, como difícilmente podría hacerlo ninguna otra, todo lo necesario para la salvación. En primer lugar, está la declaración y confesión del protagonista y artífice de esa salvación: «Señor Jesús, Hijo de Dios». Se trata del presupuesto divino, dado que Jesús es, para los cristianos, quien, efectivamente, trae salvación a todos los que lo invocan (Hch 2, 21). Pero, en segundo lugar, está el «ten piedad de mí», que constituye el presupuesto humano y que denota la actitud fundamental que cualquier persona debe tener ante Dios: el espíritu de la conversión. La yuxtaposición de estas dos palabras (Cristo y Jesús) supone, además, una confesión de fe, puesto que llamar Cristo a Jesús de Nazaret implica atribuirle un carácter mesiánico, lo que tenía que resultar muy llamativo en el siglo i: designar

«Señor» a un individuo en un contexto en que el culto a los emperadores tendía a monopolizar este término constituía, por parte de los cristianos, una evidente protesta contra el imperio.

*

Huellas occidentales de este camino, esencialmente oriental, se encuentran en, por ejemplo, los *Ejercicios Espirituales* de san Ignacio, quien, a la hora de meditar, otorga gran importancia tanto al entorno externo como a la actitud corporal. De hecho, el santo de Loyola aconseja orar –para tener un anclaje y no estar sólo en la mente, sino en el cuerpo– «como midiendo entre una respiración y otra».

Al situar la exploración de la interioridad en íntima relación con la atención al propio cuerpo, el hesicasmo constituye algo así como la contrapartida cristiana del yoga.[12] La doctrina hesicasta coincide sorprendentemente, en este sentido, con la mística y filosofía hindú. Ambas sostienen que la toma de conciencia de la respiración, durante la

---

12. Para mi amigo Gustavo Plaza, discípulo del padre César Dávila, el llamado yogui de los Andes, *Relatos del peregrino ruso* son yoga puro, pues hay en ellos incontables analogías con la literatura yóguica.

127

oración, abre la puerta al supraconsciente. Aunque nos olvidemos de respirar, el cuerpo no se olvida, lo que significa que respiramos inconscientemente. Por ser respirar la única actividad fisiológica que puede realizarse tanto de forma consciente como inconsciente, es la vía de acceso privilegiada a la consciencia, donde se fragua el misterio de la vida humana. Esto es, en sustancia, lo que descubrieron los yoguis de la India. Ramakrishna, uno de los más famosos gurús de este país, afirmaba que «Dios y su santo Nombre son la misma y única cosa: Dios mismo se realiza en la potencia de su santo nombre».

El problema es que los cristianos occidentales hemos reducido la fe a un asunto psicológico; y luego, que es con lo que hoy nos encontramos, a una mera cuestión doctrinal. En la gran tradición de la Iglesia, sin embargo, está firmemente atestiguada la idea de que el ser humano es creado para unirse a Dios de forma íntegra, con todo su ser. Por este subrayado en la totalidad –sin dejar nada humano sin incluir y trascender–, así como por la fuerza de su simplicidad, estoy persuadido de que esta forma de orar, conocida hoy como meditación cristiana, es la única capaz de entusiasmar de nuevo a los occidentales, que están olvidando –si es que no han olvidado ya– sus raíces espirituales.

II

Mística: Caminar hacia dentro

1. EN EL PRINCIPIO
SIEMPRE ES LA PALABRA

El tono épico de los *Relatos de un peregrino ruso* está marcado magistralmente desde las primeras líneas: «Por la gracia de Dios soy cristiano; por mis actos, gran pecador; por estado, peregrino sin refugio de la más baja condición, errante de un lado para otro. Mis posesiones son las siguientes: a la espalda, un zurrón de pan seco, y, en el pecho, la santa Biblia, nada más». Estas primeras frases contienen ya todas las que vendrán después, como debe ser en todo gran relato. Sin embargo, en mi adaptación me atreví a dar un salto mortal y cambiar la manera de empezar: «Un día entré en una iglesia para rezar y, durante la misa, escuché esta frase: "Orad sin cesar". Estas tres palabras –orad sin cesar– se me quedaron tan grabadas que me puse a pensar cómo podía ser posible eso de orar sin interrupción, cuando en la vida todos hemos de estar ocupados en tantos asuntos y tan diversos. Así que salí de la iglesia preguntándome si encontraría a quien me lo explicase y, como no podía quitármelo de la cabeza, dos días después me puse en camino en busca de quien me diera alguna explicación. Fue así como me convertí en peregrino.»

Lo primero, en mi opinión, no debe ser el protagonista –por mucho que esté siempre en el centro de la narración–, sino Dios, su Palabra; y por eso mismo es eso lo primero que resuena en mi versión. Es de ahí de donde parte todo: alguien proclama la verdad y quien la escucha, si la escucha verdaderamente, inicia su transformación. Escuchar y ponerse en camino es en el fondo lo mismo. Si no te pones en camino, es que no has escuchado bien. La primacía es, pues, para la escucha; todo lo que viene después son las consecuencias.

Escuchar y acoger la palabra de estos *Relatos del peregrino ruso* supuso para mí leer este texto, releerlo, subrayarlo, tomar incontables notas, meditarlas, confrontarlas... Escucharlo y acogerlo comportó –y todavía hoy lo comporta– practicar el método de oración en que el peregrino se ejercita, enseñarlo, enriquecerlo, simplificarlo... Adaptando esta historia he comprendido que toda mi vida ha sido, a fin de cuentas, algo así como un enorme proceso de adaptación de todo lo recibido. Más aún: que toda la cultura es, bien mirada, un enorme proceso de adaptación en el que cada generación y cada autor, por modesto que sea, pasa el legado que recibe por su propio tamiz, para luego, transformado, ofrecérselo a sus coetáneos. Esta convicción en la necesidad de la recreación –en que consiste todo acto de cultura– es la que me ha sostenido en mi tarea de adaptador.

*

Que en el principio sea siempre la Palabra no es una mera consideración piadosa, sino la clave de bóveda de toda la cosmovisión cristiana. Lo que se está afirmando aquí es que lo primero es la mente y la energía; y que sólo después viene el cuerpo, la materia. Víctimas de una educación materialista, la mayor parte de nuestros contemporáneos consideran, por el contrario, que es el cerebro el que crea la consciencia, no al revés, como propone la visión bíblica.[13]

13. Las llamadas experiencias cercanas a la muerte, cada vez más estudiadas científicamente, están demostrando que la conciencia persiste aún después de que las más sofisticadas máquinas hayan declarado la muerte cerebral.

Por eso mismo, esta primera enseñanza de nuestro peregrino sobre cómo empieza todo con la Palabra no se pierde a lo largo de las páginas que siguen, sino que siempre se mantiene viva y fresca. En efecto: nuestro joven peregrino no es sólo alguien que camina y reza; también es, y todo el tiempo, alguien que lee y estudia. Su aliciente espiritual no es sólo la oración de Jesús –con la que caldea su alma–, sino también la lectura de la Biblia y de la *Filocalia*, volúmenes que lleva en su morral –sin importarle lo mucho que sin duda le pesaban– y que consulta sin cesar para que le nutran a nivel mental. Esto es importante: al igual que mi adaptación tiene tras de sí estos relatos, estos relatos presuponen la *Filocalia*. Todo libro nace siempre de otro libro, la buena literatura es fecunda y genera más literatura.

*

La lectura, como la plegaria, no saca al peregrino de la realidad que le ha tocado vivir, sino que es

---

Por ello, empieza a resultar evidente la existencia de un principio espiritual con independencia del soporte material. ¡Cuántas veces me han contado, y personas que me merecen total credibilidad, experiencias fuera del cuerpo!

precisamente lo que le ata a ella. Si creer en Dios saca al creyente de lo que tiene ante él, eso no es Dios, sino un opiáceo, un sucedáneo. Con ello estoy apuntando al cuidado que siempre conviene tener con la reflexión teológica y con la poesía religiosa, puesto que, mediante sus hechizos –jugando con la verdad o la belleza–, pueden alejar de Dios (suelen hacerlo), so capa de estar hablando de Él. Por eso mismo, nada más peligroso para una persona de fe que hablar o escribir sobre Dios. Hablar o escribir sobre Dios es casi sinónimo, la mayor parte de las veces, de matarlo. Los *Relatos de un peregrino ruso* son una honrosa excepción a este axioma. Porque hablan de Dios –cierto–, pero de lo que hablan, sobre todo, es de la vida en estado puro. Y, ¿hay alguna otra forma, a fin de cuentas, de hablar con fundamento de Dios?

A las palabras que nos alimentan por dentro hay que volver una y otra vez para actualizar su sabiduría; y así hasta que las tenemos verdaderamente integradas, llegando a poder ser nosotros palabra viva para el mundo. Luego, sin embargo, deberían abandonarse, puesto que pueden llegar a ser contraproducentes si se conservan.[14] Porque,

14. Por lo que se refiere a si las Sagradas Escrituras son o no prescindibles en la experiencia mística, la postura de

si ya estás al aire libre, ¿para qué quieres una ventana? Debes mirar a la ventana sólo hasta que saltes por ella.

Si para cruzar a la otra orilla del río precisamos de una balsa, nos desentenderemos de ella una vez en nuestro destino, pues hemos dejado de necesitarla. De la misma manera, toda enseñanza espiritual sólo es un medio para alcanzar el fin del despertar. Sería absurdo, ya en la otra orilla, continuar el viaje con la balsa a cuestas. Pues esto es, precisamente, lo que hace nuestro peregrino, acaso demasiado apegado a su método de oración. Del mismo modo, también nosotros solemos arrastrar fardos inútiles a lo largo de toda la vida; y no es infrecuente que hasta lleguemos a olvidarnos de que un día, años atrás, quisimos cruzar un río. Quien empezó queriendo ir a Dios, no es infrecuente que termine entretenido en Sus cosas, pero lejos de Él. La mayoría no desea oír nada sobre soltar amarras o levar anclas.

<hr>

santa Teresa de Ávila y la de san Juan de la Cruz son a este respecto diametralmente opuestas. Mientras que ella –que tenía a su cargo a monjas analfabetas y devotas, algo que no conviene olvidar– proponía una meditación sobre la sacratísima humanidad de Jesús en la Pasión, y ello tras sus raptos y arrobamientos; él, más abducido por la nada y el vacío, tiene el planteamiento contrario.

A este respecto es preciso reconocer que, si bien se basa en textos que son esencial y maravillosamente poéticos, el catolicismo, tan inclinado a la palabra, ha tendido a ver la verdad como algo más bien abstracto. La verdad, sin embargo, es una acción, no una idea: es un acto creador, una obra de misericordia. La espiritualidad es –cabría decir– la habilidad en la acción. Sin obras, la fe está totalmente muerta. Este subrayado típicamente católico en lo teórico y doctrinal es muy desafortunado, urge admitirlo. Porque no importa tanto lo que creas, sino lo que experimentes y hagas. Digámoslo más claramente: más importante que saber si Cristo es o no el hijo de Dios es estar en paz y hacer el bien. Con independencia de Su condición divina y humana, lo cierto es que estoy en el mundo y, en consecuencia, debo actuar en él del modo más sensato y constructivo según cada circunstancia.

El hechizo de lo especulativo es, sin duda, lo más peligroso para todo buscador espiritual: nada más hábil para engañarnos que nuestra mente, que hace que nos traguemos, uno a uno, buena parte de sus anzuelos. Puede uno pasarse la vida entera perdido en las más arrebatadoras teorías sobre qué es eso de la vida para, al final, cuando de esa vida queda ya poco, darse cuenta de que la has perdido, entretenido en tus cábalas, tan estériles como hechiceras.

Los intelectuales son, por lo general, quienes más hábil y repetidamente nos secuestran la vida. Los profetas los desenmascaran una y otra vez; pero ellos, incansables, vuelven al ataque con sus disquisiciones y argumentos. La mente, sin embargo, por resbaladiza que pueda resultar, puede ser colonizada por el espíritu y, finalmente, paso a paso, dar lugar a un estado de paz.

Frente a la tentación teórica –si realmente se quieren transformar las creencias en evidencias– es preciso poner el acento más en la realización que en el conocimiento, tal y como se hace en el judaísmo, por ejemplo, donde es mucho más importante lo que se hace que lo que se cree.

Es lamentable, en ese sentido, lo nerviosos que se ponen muchos cristianos cuando escuchan la palabra «autorrealización», como si eso hiciera alusión a quién sabe cuáles peligrosas técnicas orientales. A diferencia de los católicos, los judíos no están obsesionados con el dogma. Para ellos no se trata simplemente de creer, sino de realizar: de ser un espejo de Dios para el mundo. Un católico, en cambio, puede creer en la Inmaculada Concepción, en la presencia real en la eucaristía o en la infalibilidad papal –por citar algunos artículos de fe–; pero, todo eso, ¿en qué cambia, a fin de cuentas, su modo de estar en la realidad? Ésta es la razón por la que a muchos no les parece que el catolicismo sea una verdadera tradición espiritual, sino una mera colección de dogmas y, como colofón, un detallado código moral.

2. LO QUE PUEDE APRENDERSE DE UN MAESTRO

Tras perder todos sus bienes y, algo después, a su esposa, ciego por el dolor, la única salida que encontró aquel joven campesino fue arrojarse al ancho mundo y salir a caminar. ¿Por qué? Porque caminar le va a permitir tener ante sí un vasto panorama y un horizonte casi infinito que le permitirá soñar con algo distinto y esperanzador: algo que le aleja del horror de lo vivido y que le abre la posibilidad de sanar.

Nuestro peregrino va muy lejos gracias a sus piernas, y es así como también va muy lejos, también, en sus adentros. Es de este modo armónico como va comprendiendo, poco a poco, la correspondencia que existe entre lo exterior y lo interior. Porque aquí no se trata, ciertamente, del típico paseo meditativo entre una sentada y otra –como suele hacerse en muchas escuelas budistas–, sino de un lanzarse a lo desconocido en busca de una identidad más profunda y verdadera.

Dada nuestra actual mentalidad burguesa, el carácter de *homo viator*, típico de la condición humana y tan reconocible en nuestro peregrino, ha quedado atrás, acaso porque los límites del desplazamiento a pie, tanto geográficos como socio-políticos, son hoy incontables. La Rusia imperial, en cambio, era un espacio físico en el que se podía viajar caminando toda la vida sin tener que dejar nunca la patria, aunque eran pocos en aquel momento los que, como el peregrino, gozaban de un pasaporte que les consintiera ir de una parte a otra sin problemas administrativos o legales. En nuestro mundo contemporáneo, por contrapartida, con la localización que proporcionan los teléfonos móviles y las tarjetas de crédito, resulta prácticamente impensable que alguien pueda moverse de un sitio a otro sin ser controlado o vigilado de algún modo. Ese vagabundeo permanente del que se habla en esta historia ha desaparecido entre nosotros. Sin embargo, no conviene olvidar que Jesús de Nazaret era un itinerante, sin una morada estable. *No tenemos aquí una patria permanente*, escribe de hecho san Pablo (Heb 13, 14).

En el lado opuesto, vistos algunos desórdenes y excesos de los llamados monjes giróvagos o errantes, san Benito los condena expresamente, dando lugar al aún actual sistema de incardinación eclesiástica. En efecto, hoy no hay sacerdote que pueda estar fuera de esta regulación geográfica. Para mí es evidente la relación que existe entre una existencia acomodada y la falta de aliciente espiritual. Porque, quien no se lanza a los caminos de este mundo, difícilmente encontrará fuerzas ni ánimos para lanzarse a los de la vida interior.

*

Lo que la palabra del evangelio movilizó en el peregrino (así como lo que este personaje movilizó en mí) fue lo que se conoce como búsqueda espiritual. La llamada de Dios siempre es mediada; por medio de un libro, de una película, de una persona; aparece de pronto una forma bella que, de algún modo, apunta a un fondo de verdad. Acaso porque las personas necesitamos por lo general un liderazgo claro y fuerte, o porque las enseñanzas se reciben mejor cuando vienen de una autoridad, esta interpelación a orar sin cesar activó en aquel joven el ardiente deseo de encontrar a quien le enseñara a vivir conforme a ese elevado ideal. No buscó en primera instancia vivirlo –ésa sería la meta final–, sino un maestro o guía que le enseñase cómo.

Se considera maestros espirituales a quienes, habiendo vivido la experiencia humana con tal intensidad y profundidad, han sido luego capaces de transmitirla de tal manera que muchos, sea en su época o después, han podido aprender de ella e integrarla en sus vidas. La figura del maestro es la clave de todo el camino espiritual. Su presencia ayuda a estar en contacto con Dios y, con ese contacto, todo lo demás sobra, todo sin excepción.

No abundan los maestros espirituales –eso es cierto–, aunque es posible que haya bastantes más de los que se cree. El peregrino ruso encontró a quien le enseñara y acompañase porque activó su predisposición a encontrarle. Quienes hoy no tienen un maestro –ésa es mi conclusión– es… ¡porque realmente no lo desean! El problema no está tanto en la ausencia de maestros –como solemos pensar–, sino más bien en la ausencia de deseo, lo que hace que el asunto sea aún más grave. Ponte a caminar y te pasarán cosas en el camino; no te pasarán, en cambio, si no das un paso tras otro. La crisis espiritual de nuestro tiempo puede tener su causa, en último término, en que ya nadie escucha nada –y mucho menos la Palabra de Vida–, aturdidos como estamos casi todos con tantos estímulos y, sobre todo, víctimas de una implacable presión de rendimiento. Ahora bien, la crisis espiritual de nuestro tiempo se debe también, al menos secundariamente, a que se ha perdido esa hermosa y necesaria relación entre el maestro y su discípulo.

Esta veneración al que sabe, al que ha hecho la experiencia, al que tiene el conocimiento, esta reverencia al gurú no se ha perdido, ciertamente, en la India, donde toda la estructura espiritual del país está organizada desde el respeto y la consideración hacia las personas realizadas. Tampoco en el cristianismo oriental, ni en buena parte de la tradición islámica, se ha perdido del todo este engendramiento en la fe –llamémoslo así–, o esta transmisión de persona a persona, esta alta consideración hacia la paternidad espiritual. Se trata de una pérdida sobre todo católica, cuyo clero carece en Occidente, por desgracia, de todo prestigio.

Por mi parte, tuve el privilegio de conocer a un maestro cuando todavía no había cumplido veinte años: fue una auténtica conmoción. Se llamaba Antonio S. Orantos y sus enseñanzas, su testimonio, partió mi vida en dos.

Luego, una década más tarde, cuando todo el sistema que aquel buen misionero me había enseñado comenzaba a resquebrajarse, tuve el raro privilegio de encontrarme con un segundo maestro, que llegó para removerlo todo aún más radicalmente. Porque si el primero –Antonio– me había enseñado que la vida iba en serio, éste, el segundo

–Elmar Salmann–, me enseñó a... ¡que no me la tomara tan a pecho! Con él aprendí que el humor es la manera más elegante (y eficaz) de aprender humildad, no me canso de decirlo.

Tuve nuevamente dos décadas después, tras haber pasado por san Charles de Foucauld y por el budismo zen –ya con cincuenta años–, el privilegio, esta vez totalmente excepcional, de encontrarme con un tercer maestro: Franz Jalics, quien otra vez rompió mi patrón habitual de pensamiento, instándome a cambiar de perspectiva. Él me dio la transmisión, es decir, entré en el aura en que vivía, en su corriente vibratoria, hasta que su alta energía me contagió. Comprendí con él que no hay camino espiritual sin maestro, que el camino es lo que ocurre entre un discípulo y su maestro.[15] Lo que me enseñó podría resumirlo de esta manera: no te tomes a

15. En Swami Satyananda Saraswati, *Las bases del yoga*, Kairós Editorial, Barcelona, 2021, p. 232, un autor que recomiendo vivamente, leemos: «Es importante comprender lo que es un linaje. [...] Un linaje es como un cable eléctrico en el que no importa por dónde lo toquemos, siempre sentiremos la corriente; aquel que no entre en contacto con el cable nunca podrá recibir este impacto. Uno de los secretos del yoga es que el aspirante necesita el impacto de la gracia de un gurú que forma parte de su linaje para que el proceso sea efectivo y poderoso».

ti mismo en serio ni en broma, sencillamente... no te tomes. ¡Quítate de en medio, déjate en paz! No te escapes con tus proyectos –serios o ligeros– de lo que tienes ante ti.

Aunque Jalics fue quien me puso definitivamente en el camino correcto –es así, precisamente, como se reconoce a un maestro–, en la vida he encontrado después a otras personas inspiradas que también me han ayudado mucho. Pero sólo desde que tuve a Jalics frente a mí, entendí que el fondo de un maestro es el fondo de todos los maestros, y que únicamente desde la mística era para mí legítimo continuar con el oficio de escritor, al que me he consagrado religiosamente. Tiene que darte igual lo que los demás piensen de ti para poder escribir realmente con libertad; y yo –y lo digo con modestia– siento que he llegado a ese punto.

*

Los occidentales, en cualquier caso, parece que no entendemos qué es lo que enseña un maestro. Vamos a ellos con nuestros blocs y grabadoras para apuntar o grabar lo que dicen en sus conferencias; pero, evidentemente, no se trata de eso. Porque lo importante en un maestro no es, simplemente, lo que dice, sino lo que es: cómo mira, cómo canta, cómo come, cómo camina, cómo se retira a descansar... Lo que el discípulo debe aprender de él –lo que yo aprendí del maestro Jalics– no son las cuatro ideas que pueda emborronar en su libreta, sino su forma de sonreír ante una pregunta, de beberse una taza de té, de jugar con su mascota... En una palabra, la mejor enseñanza es el ejemplo de su vida. El maestro es el *Dharma* encarnado –al menos en cierta medida–, por eso hay que vivir cuanto se pueda a su lado, viendo cómo se desenvuelve, momento tras momento, y fijándose no tanto en lo que hace cuanto en el espíritu que le anima.[16] Esto es lo que a los occidentales

16. En la dinastía Tang tardía, había un monje llamado Longtan Chongxin cuyo maestro era el venerable Tianguang Daowu. Longtan había sido asistente de su maestro durante mucho tiempo y pensaba que todavía no le había revelado la enseñanza más profunda. Así que un día, Longtan decidió compartir su inquietud: «Desde que vine aquí todavía no me ha enseñado la esencia del zen». El maestro Daowu escuchó a Longtan con atención amorosa y le dijo: «No he dejado de enseñarte la esencia desde que has llegado». Longtan preguntó: «¿Qué es todo lo que me ha enseñado?». Entonces, el maestro Daowu dijo: «Cuando me preparas té, lo bebo; cuando me sirves la comida, la como, y cuando me saludas, te devuelvo el saludo con la cabeza. ¿Acaso no son todas estas cosas demostraciones de

nos cuesta entender; pero esto es, en última instancia, lo que nos enseña el peregrino ruso: la emanación de su estado de consciencia, lo que se conoce como la gracia del gurú.

Lo que se aprende de un maestro es, en último término, que Dios existe, que es el Espíritu lo que mueve y sostiene el mundo. Los maestros son personas que han incorporado realmente la fe y que, por ello, la transmiten por ósmosis, por contagio. Por eso, lo que comunican no es algo que, por mucho que quieras, puedas poner en un libro. Porque un libro puede acompañar a un buscador hasta cierto punto; pero luego, para proseguir, necesita de una palabra encarnada: alguien que haga lo adecuado en el momento adecuado, simplemente.

Maestro es aquel cuyas respuestas provienen siempre de su naturaleza búdica, o crística, como se prefiera decir; y discípulo es, en correspondencia, quien, ante su maestro, dice: Esto es exactamente lo que busco para mi vida. En el futuro, quiero ser como este hombre.

---

la esencia?». Trabajé este koan con el maestro Ben Diez Baruj, sacerdote zen de la Asociación Budista China de Hawái, además de profundo conocedor del sufismo magrebí y del movimiento neojasídico, del que forma parte.

Todo lo que hace el maestro-*staretz* con nuestro peregrino es entregarle una fórmula sagrada, así como darle pautas para que se entrene regularmente en esta práctica devocional, de modo que pueda integrarla en cada momento de la jornada.

Al condensar la multiplicidad de la psique humana en una única palabra, quizá sea el mantra –por esa simplicidad a la que apunta– la necesidad primordial del ser humano. En esta posibilidad de síntesis, que aquieta tanto el espíritu analítico como la dispersión de nuestra mente y corazón, se cifra, probablemente, el atractivo que la recitación de mantras ha ejercido siempre, y todavía ejerce hoy, sobre algunos espíritus. La simplicidad no puede alcanzarse con medios complicados, sino precisamente sencillos: no con muchas palabras, sino con una; no con sofisticadas técnicas, sino mediante la pura entrega, lo que supone rectitud de intención y ausencia de expectativas, es decir, una motivación no egoica.

La dificultad del camino del mantra es, posiblemente, su extrema sencillez y sobriedad. Lo sobrio sana al ser humano porque crea en su interior un espacio que permite el movimiento de la elección, o sea, el ejercicio del libre albedrío. Lo abigarrado, exuberante o complejo, por el contrario, tiende a ocupar todo nuestro espacio interior; y es así como dificulta la actitud receptiva de apertura y acogida, que es la base de cualquier auténtica espiritualidad. Suele resultar inverosímil para muchos que algo tan elemental como un mantra pueda conducir a la más alta cima de la experiencia mística. Pero así está atestiguado.

El mantra es un instrumento muy pobre, puesto que lo que debe sembrar en el alma es precisamente pobreza y vacío. Toda nuestra riqueza interior –colores, emociones, experiencias…– queda condensada por el mantra en una única palabra que contiene todas –y no sólo ellas, sino la vida entera.

El mantra actúa en la mente como una escoba que va barriendo todo lo que no le resulta conveniente. Es así como conduce a un lugar que no es, evidentemente, un lugar, pero que tiene que ver con la espaciosidad. Con el tiempo, con la perseverancia, se descubre que el mantra mismo es ese lugar: no es que sea muy difícil llegar a este punto, aunque, ciertamente, tampoco es fácil permanecer en él.

El mantra es –otra metáfora– algo así como un buril con el que el orante va puliendo el espejo de su alma hasta que llega el día en que puede verla reflejada en él. El mantra es –una última metáfora– la senda más recta para conducirnos a nuestro centro, que es morada del Espíritu. Lo que la experiencia mántrica descubre es, en última instancia, que no estamos solos ni separados. Que la soledad es una ficción, una ilusión; y que Él –Cristo–, o Ella –la Consciencia– es el Fondo y secreto de todas las cosas y personas.

*

Juan Clímaco († 649), el teólogo hesicasta más reconocido, escribe que el nombre de Jesús, al recitarse de forma mántrica, entra en el corazón humano en primer lugar como una lámpara en una cámara oscura; luego, como un claro de luna en una noche; y, finalmente, como la salida del sol en la alborada. Se trata, en su opinión, de reducir el discurso mental a una sola palabra, lo que él llama «monología», «pegando» a nuestra respiración –ése es el verbo que utiliza– el recuerdo nominativo de Jesús y desechando cualquier otro contenido. «Una sola palabra bastará para sanarme» (Mt 8, 8) significa, en este contexto, que basta un simple y breve contacto con el verdadero yo para que nuestra vida quede marcada, y hasta partida, en un antes y un después de ese vislumbre.

La oración del corazón, que es como se ha designado esta forma de meditar, será para algunos un episodio más en su camino espiritual; para otros, en cambio, no conformará tan sólo una etapa, sino –como es el caso de nuestro peregrino– una de las formas más habituales y eficaces para conectar consigo mismo y con Dios: el método alrededor del cual se estructura toda su vida interior (lo que no significa que no pueda ser compatible con otras formas de oración).

Sea como fuere, el camino del mantra no es tanto una elección cuanto una respuesta: no se opta por este método, sino que uno es llamado a él. Quien lo ha experimentado lo sabe, puesto que se siente misteriosa e irremisiblemente atraído a esta práctica, hasta el punto de encontrarse a menudo enfrascado en ella sin apenas darse cuenta.

Antes o después se constata cómo esta forma de conectarse produce frutos de puridad de intención –eso suele ser lo primero–; de paz interior, a veces casi masticable; de reconciliación con la realidad, por dura que pueda aparecer en ocasiones; de verdadero interés por los demás y, en consecuencia, de genuina disponibilidad al servicio. Cuando esto suceda –si es que llega a suceder–, se comprende por experiencia por qué esta vía devocional ha sido tan ponderada por muchos monjes orientales y por algunos santos de Occidente.

El camino de la devoción, caracterizado por el rito, la recitación y el canto, suele ser largo, pero sabroso. Junto al cultivo de lo sentimental, pasa al principio, normalmente, por el cumplimiento de los preceptos, es decir, por el perfeccionamiento del ego o vía de la virtud. A eso sigue nada menos que la trascendencia del ego, es decir, la desidentificación con lo corporal, lo emocional y lo senti-mental... Porque, mientras sigamos enredados con los bienes materiales y/o con los afectos personales, difícilmente podrá trascenderse el ego y dar paso a la sabiduría.

Este sendero del perfeccionamiento y de la desidentificación es largo y escarpado, hay que admitirlo. Es como un desierto, es la vía purgativa.

El camino de la comprensión espiritual o vía iluminativa, en cambio, suele ser bastante más rápido, aunque también menos sabroso. Más que de limpiar, aquí se trata de ver de forma inmediata, lo que no implica un proceso argumentativo o secuencial, sino intuitivo; si llegas a verlo, todo se limpia de forma automática, o en cuestión de poco tiempo, en cualquier caso. Claro que, tras la visión propia de la comprensión espiritual, debe uno entrenarse, es decir, verificar una y otra vez que esa

nueva información –escuchada o leída y elaborada– se va integrando, lo que supone un auténtico
reseteo del pensamiento y, en última instancia,
una nueva configuración de la propia personalidad. Puede uno iluminarse en un segundo, cierto;
pero necesita de cierto tiempo para integrar esos
nuevos conocimientos y, desde luego, para vivir
en este mundo día a día de acuerdo a ellos.

Lo ideal es trabajar en la vía devocional y en
la vía cognitiva o de comprensión –es decir, en el
amor y en la verdad– al mismo tiempo. Por eso,
por grande que sea el entusiasmo y la adhesión que
este estilo de oración mántrica pueda suscitar, debe
evitarse pensar que se trata del mejor posible, descartando cualquier otro, y mucho menos todavía
creer que es el único. Porque cada cual es conducido al misterio de la Luz y del Amor por una vía, si
bien ésta devocional del mantra, por la implicación
corporal que comporta y por su poder de integración personal, resulta hoy, para muchas almas –entre las que me cuento–, especialmente atractiva.[17]

17. No es posible decir que una propuesta espiritual, o
una determinada técnica, sea mejor que otra; para cada
cual la más adecuada debería ser la suya. Ser cristiano no
me ha impedido a mí, por ejemplo, y ello desde jovencísimo, aprender de otras fuentes. Primero del budismo zen,

*

Si la práctica meditativa es rigurosa y continuada, el mantra sorprenderá al discípulo con frecuencia en la vida cotidiana: caminando por la calle, por ejemplo, o mientras se lava la vajilla o se pone en orden la casa, por citar algunos quehaceres domés-

que fue lo que llamó a mi puerta tras mi encuentro con el peregrino ruso. Luego del yoga de los Himalayas, representado por la escuela de Yogananda. Finalmente, de la filosofía perenne, que me ha conducido al no-camino del Advaita. Me hace muy feliz que haya muchos caminos. No quiero convertir a nadie a ningún camino.

Sin embargo, aunque estudio todas estas tradiciones durante el día y hago, lo más fielmente que puedo, muchos de los ejercicios que proponen, reconozco que por las noches mi corazón vuelve siempre a Jesús, donde encuentro el refugio al que mi alma corresponde. Miro el cuadro de la *Trinidad* de Rubliov, por ejemplo, e inexplicable pero ineludiblemente siento que estoy en casa. He tenido que recorrer un largo camino para descubrir que el camino soy yo y, todavía más, que no hay camino. De modo que, si bien veo que todos los caminos, bien mirados, llevan a lo mismo, por mi parte no cambiaría el mío, que es el de Cristo, por ningún otro. Primero porque es el que la Providencia pensó para mí; pero también porque veo cómo en Él lo tengo sencillamente todo y, cuando uno está en el todo, ¿qué más se puede desear?

ticos, o jugando con un niño, acariciando a un animal o, todavía más, simplemente sentándose en una butaca para descansar.

Así como en la oración de quietud ayuda el mantra a entrar en sí mismo a mayor profundidad, en la vida ordinaria sirve para estar realmente en lo que se está. Y al igual que llega el punto en la sentada en que el mantra, más que recitarse, simplemente se escucha, llega el punto en la vida cotidiana en que, más que recitarse, el mantra se va descubriendo en lo que se tenga entre manos. Porque las cosas –todas ellas– y las personas –por supuesto– han sido creadas, según dice la Tradición, por medio de la Palabra, de modo que el mantra es el secreto de la realidad, su fondo. Ver el mantra en lo creado es, a fin de cuentas, ver el fondo de ser que sostiene a las formas. Todo consiste en ver realmente lo que se tiene delante, eso es todo.

Pronunciar el mantra o fórmula sagrada sobre cualquier elemento natural –las piedras y los árboles, las flores y los frutos, el mar y la montaña– lo conduce misteriosamente hacia su realización. Al igual que hizo Adán en el paraíso, cada meditador está invitado a dar su verdadero nombre a todos y cada uno de los animales, a las plantas y a los minerales, a todas y cada una de las personas con quienes establece algún tipo de relación, recordándoles de esta manera, tan anónima como sutil, que existen porque fueron creados y amados. Este ejercicio creativo, de auténtica transfiguración, supone llevar el mantra a su plenitud. Esa palabra, ese nombre, se convierte entonces en algo así como una llave mística que abre el mundo, normalmente tan opaco, y que lo recapitula de manera definitiva.

*

En el camino de la práctica meditativa llega el momento, al menos a los más avanzados, en que se les llama a liberarse también del mantra, para así quedar sin nada, a excepción de un contacto viviente e indecible. Así, liberado de absolutamente todo, el orante que ha perseverado entra en una suerte de transparencia o luminosidad.

Con los ojos de mi cara, no sólo con los de la contemplación, yo he visto, por poner un ejemplo, cómo resplandecía el aura de mi maestro, Franz Jalics, en particular su rostro y, muy especialmente, su mirada. Para mí hay un antes y un después de esa mirada.

Sin llegar tan lejos, algo parecido, aunque remotamente, he creído ver en algunos compañeros meditadores tras prolongados periodos de práctica, en lo que llamamos ejercicios contemplativos.

Existe un nivel muy profundo en la oración silenciosa que yo –lo confieso con pudor– he experimentado en muy contadas ocasiones y siempre brevemente. No se trataría aquí de ver el mantra, sino de serlo, de identificarse con él; y de darse cuenta de que, en última instancia, somos lo que vemos y escuchamos. En esos casos, ya no hay distancia entre el mundo y tú, entre los otros y tú, entre tú y tú mismo. Quien llega a esta experiencia de no mente –lo que en el zen se conoce como *kensho*–, ya no necesita recitar el mantra, escucharlo o verlo. Ha descorrido el velo del ser y ha descubierto –se lo han mostrado– que él mismo es el camino, lo que no significa, ni mucho menos, que haya llegado a ninguna estación término.

4. VIVIR EN EL RELATO DE DIOS

Gracias a su absoluta devoción y a la inquebrantable fidelidad a su práctica, nuestro peregrino vive lo que se le va presentando a lo largo del camino con una pureza desconcertante, casi como si fuera la primera vez que le sucedieran semejantes cosas. Esto es posible por su permanente conexión con su centro y porque, acaso por ser de extracción tan modesta, no se protege con lo discursivo, sino que se abre –como una flor– a Dios y a lo desconocido, si es que ambas cosas no son lo mismo. El peregrino responde a lo que tiene ante él con una inmediatez y espontaneidad tales que puede provocar que algunos piensen que se trata de un tipo muy elemental o, más crudamente, de un imbécil. Pero en la vida y obras de este pobre campesino no hay estupidez de clase alguna, sino algo mucho más evidente, aunque raro: fe. Sí, ésa es la cuestión: el peregrino es un verdadero creyente.

Un creyente es alguien que sabe que Dios existe y que en todo momento comprueba, por ende, que no hay nada que no sea una manifestación Suya, pues está bañado por Su Luz. Muchos de nuestros contemporáneos miran hoy a los creyentes con cierta condescendencia, casi con desdén. ¡Pobrecillos!, piensan. Siguen con su visión mágica y mítica de la realidad. No saben que todo tiene, antes o después, una explicación racional. Ignoran que Jesús no hizo milagros, sino que sólo fue un extraordinario psicoterapeuta y un hábil sanador. Mucho me temo, sin embargo, que esos pobres diablos son ellos, que viven en un relato materialista y cientifista que los incapacita para ver el carácter ilusorio de lo que nos rodea.[18]

No digo todo esto para molestar a nadie, sino únicamente para dejar claro que todo diseño necesita de un diseñador; y en el universo vemos claramente que hay un diseño. Lo que los ateos y agnósticos tienen dificultad en entender es que debe de haber una causa incausada que rompa la cadena de la causalidad. Otra cosa es si queremos llamarla Dios, Tao, Fuente, Inteligencia suprema o Causa primera; pero no es, ciertamente, un viejo bonachón de larga barba blanca.

18. A este respecto, ver G. Rodríguez-Fraile y R. Domingo Oslé, *Espiritualizarse*, Amazon, 2021, donde puede leerse: «Nuestra sociedad ha arrinconado a Dios y, como consecuencia, se ha olvidado del alma, que es precisamente donde se produce el encuentro más íntimo con Dios. La existencia de Dios ha sido reducida a una mera hipótesis científica, imposible, por lo demás, de validar empíricamente. El cientificismo reduccionista, todavía dominante, ha quedado atrapado por la materia y, por eso mismo, no es capaz de entenderla ni definirla. El alma es considerada por muchos una compleja y absurda abstracción de filósofos empeñados en defender la existencia de lo trascendente. Pero ¿dónde radica, si no es en el alma, la capacidad de amar, la de ser libres, la de contemplar?».

Ser creyente, por contrapartida, es vivir en el relato de Dios, es decir, tener el propio foco clara y permanentemente en Él. En ese relato, con ese foco, el desarrollo personal se acelera y lo extraordinario o milagroso –las sincronicidades las llaman algunos hoy– se ven a cada paso con una evidencia tan creciente como maravillosa. Al igual que todos los monjes que realmente viven como tales (puesto que no faltan quienes desgranan su condición monacal de forma meramente externa, estando vacíos por dentro), nuestro peregrino ve a Dios en todas partes porque su alabanza alcanza tal punto de saturación que, digámoslo así, explota en la experiencia.[19]

19. He conocido a ciertas monjas (las hermanitas del Cordero de Madrid, por ejemplo) que son peregrinos rusos vivientes. Han consagrado sus vidas a recitar la palabra de Dios sin interrupción, en la liturgia y en el trabajo, y hasta para conciliar el sueño. Impresiona su entrega, tan absoluta, a la alabanza. Llenan su jornada de tantas palabras luminosas que, para lo oscuro, sencillamente, no parece haber un hueco: no hay un minuto libre o vacío en el que algún diablillo pudiera infiltrarse en su mente y ocupar, aprovechando algún descuido, su corazón. Llegan a la iluminación por aburrimiento, me gusta decir, por extenuación. He llegado a pensar que algunas de ellas han llegado a la iluminación… ¡sin saberlo! ¿Cómo? Porque sus categorías mentales y creencias –su religión, en defini-

Vemos literalmente lo que creemos. Si crees que tu meditación es una dificultosa práctica para llegar a la paz, por ejemplo, es poco menos que imposible que no sea eso, precisamente, lo que vivas en tu tiempo de silenciamiento: un desierto, un calvario, un lamentable y penoso ejercicio ascético. Pero la

---

tiva–, les impiden reconocer, y en cierta medida hasta vivir, esa divina luz de la que ya disfrutan. Pero no es posible que haya iluminados que no lo sepan, porque la transformación que acaece es tan importante que no cabe no darse cuenta. ¡Ya habéis llegado, ya estáis viviendo lo que habíais venido a buscar a este monasterio!, les habría dicho yo de buena gana a esas personas en alguna ocasión. ¡Dejad de hablar de la salvación y del pecado! ¡Ya estáis salvadas, no hay nada que perdonar! Alguien debería decirles alguna vez a todas estas monjas y monjes que sus rezos refuerzan la idea equivocada de un Dios ofendible y castigador. Alguien debería advertirles –me parece a mí– de que pueden atreverse a dejar de recitar una plegaria tras otra, puesto que... ¡ya son plegaria viva! Pero éstos son los extremos a los que conduce una religión que –sin saberlo– exalta los medios, se apega a su cosmovisión y se pone como fin a sí misma. La revelación está llamada a transmutarse en sabiduría, la religión debe trascenderse. Si llegas, has llegado, lo que significa que todo lo que te ha conducido hasta ahí ya no es necesario.

mística es mucho más que el desierto. Por eso, si empiezas a creer que la Creación está llena de Su esplendor, eso, el esplendor, será lo que halles a cada momento.

La palabra que el peregrino escucha, según cuenta él mismo desde la primera línea de su historia, es una llamada, tan clara como imperiosa, a introducirse en el relato de Dios. Él obedece y, en consecuencia, con lo que se encuentra es con la tremenda y hasta insoportable alegría que comporta vivir de cara a Dios. Lo que los *Relatos del peregrino ruso* están planteando es, por tanto, esta pregunta radical: ¿qué relato te sostiene?, ¿quieres o no entrar en el relato de Dios? ¿Quieres entrar en la oración para descubrir que este mundo es el escenario del esplendor de Dios? ¿Quieres empezar a vivir suponiendo que Dios existe y comportándote en consecuencia?

Nosotros podemos permanecer escépticos ante todas estas provocaciones, que solemos calificar de exaltadas. Podemos seguir agarrados a nuestro viejo racionalismo, a nuestra trasnochada modernidad, a los últimos juguetitos de la técnica y, evidentemente, al paradigma en que se nos educó. Pero en la teología narrativa de estos *Relatos* hay, escena tras escena, una persuasiva invitación a cambiar nuestra manera de pensar y a transformar nuestros hábitos a la luz de la verdad: ven, no te quedes donde estás, baja a la vida conmigo, mira qué sencillo es todo, atrévete a vivir sin pretensiones, empieza a disfrutar de lo que tienes y a maravillarte de cómo te llega con abundancia lo que necesitas. ¿Por qué no te pones a vivir como cuando eras un niño y no tenías problemas?

*

No se medita simplemente para meditar, sino para luego, en la vida, desplegar la acción correcta. Para responder a lo que se presente, sea lo que sea, sin conceder ni un segundo a la duda.

La acción correcta, la ausencia de fisuras entre la realidad y nuestra respuesta a la misma, es el resultado de vivir en el relato de Dios y es, de igual modo, lo que mayormente conduce al autoconocimiento. Rezar o meditar no es suficiente. Las prácticas devocionales y meditativas son en orden a la vida contemplativa y a la vida compasiva, al ser y al amar. Sabes quién eres cuando actúas correctamente y, al tiempo, cuando actúas correctamente descubres qué es el yo. Al ser la provocación y la respuesta todo uno, sin fractura entre una y otra, la experiencia de la dualidad queda finalmente erradicada: ya no hay mundo y yo, observado y observador, sino sólo acción, sólo contemplación, sólo Marta y María finalmente unidas.

5. LAS PRUEBAS INICIÁTICAS

El peregrino ruso es la narración de lo que le pasa a quien entra en el relato de Dios. Esa persona, sea quien sea, atravesará todo tipo de tribulaciones, eso no se le ahorra a nadie; pero –y esto es lo que subrayo–, nuestro peregrino no sucumbe en su empeño ni aun en las más crudas y penosas circunstancias. Todo lo contrario: agradece la enseñanza que le comporta atravesar la adversidad y sigue adelante.

Esto es maravilloso. Recuérdese cuando nos cuenta, con un laconismo conmovedor, cómo queda limitado de por vida tras ser agredido por su hermano mayor. Por esta desgracia se verá obligado a pasar sus primeros años en casa, junto a su abuelo, aprendiendo a leer y á estar tranquilo, no tan volcado hacia fuera como habría sido lo natural. Lo que visto en sí mismo es claramente un mal –el accidente, la enfermedad, ésa es la lección–, lo transforma el peregrino adolescente en una oportunidad para construirse por dentro. A fin de cuentas, fue esa limitación física lo que le posibilitó ver el mundo desde una situación de vulnerabilidad y, en última instancia, vivir todo lo que vivió. Porque, ¿quién sabe lo que habría sido de ese chico si hubiera estado completamente sano? ¿Habría pasado tanto tiempo en su casa, leyendo y rezando? ¿No habría preferido, de no haber sido por eso, salir y corretear afuera, junto a sus compañeros?

No existe el bien en general –ésa parece ser la conclusión–, sino de forma encarnada y en particular. No es que sea mejor una cosa que otra en general: todas las posibilidades que se abren, aun las en principio menos deseables, son perfectas y necesarias, y responden a la índole de quien las recibe o rechaza.

*

Pocos años después de este dramático incidente (y en la historia de estos dos hermanos resuena la de los dos hermanos originarios, Caín y Abel), no contento con haberle dejado tan mal parado, el hermano malvado le roba la herencia paterna y prende fuego a su casa, dejándole desposeído también de todo bien material. El corazón del peregrino, sin embargo, aunque tan joven, ya está en su sitio, como demuestra cuando, en el fragor del incendio, corre para salvar de las llamas lo intangible (la palabra, la Biblia), ¡él, que había sido privado tan radicalmente de lo tangible (su vivienda, sus cosas...)! ¿Cómo puede alguien que lo ha perdido absolutamente todo consolarse sólo con un libro? Ésa es la pregunta que se formulan todos los que no están en el relato de Dios. Para quienes viven en el relato de Dios, por el contrario, la pregunta es exactamente la contraria: «¿De qué le sirve a un hombre ganar el mundo entero si pierde su alma?» (Mt 16, 26).

El peregrino es, desde luego, un pobre de solemnidad, puesto que sus pertenencias son escasísimas; pero hay que advertir inmediatamente que vive el contraste social en que se desenvuelve, el de la Rusia de mediados del ochocientos, con toda normalidad, sin que todos esos desniveles económicos reinantes suscitaran en él la menor protesta o rebelión. Conoce su sitio en el tejido de la sociedad que le ha tocado en suerte y lo asume como voluntad de Dios.

*

Las pruebas iniciáticas de nuestro héroe, sin embargo, no han hecho más que empezar. Tras la pérdida de la salud y de los bienes materiales, deberá perder también a su esposa, con quien tan feliz había sido durante algunos años. Esta pérdida afectiva, como no podía ser de otra forma, será para él la definitiva. Tras ella, comprende que no puede seguir donde está, ni viviendo como vive; y decide vender cuanto tiene y partir a una vida errante, liberado de todo y de todos.

Libre de cualquier atadura humana, los oídos de este joven buscador se abren y, al entrar en una iglesia, comprende que la Palabra que allí resuena está dirigida expresamente a él. La Palabra no puede oírse cuando estamos demasiado inmersos en las preocupaciones mundanas. La capacidad de recibir la gracia está en principio en todos, pues Dios la manda a justos e injustos, indistintamente, según asegura el evangelio. ¿Qué hago yo para poner trabas a la gracia?, ésa es la cuestión.

Es el conflicto del ego lo que hace de interferencia energética –digámoslo así– e impide que nos llegue la información de más alta vibración. La oración continua y la contemplación son más eficientes cuando no hay pérdida de energía por conflicto interno. Cuando se empieza a meditar, lo más habitual es que todavía no se haya trascendido el ego, lo que hace que el progreso espiritual sea muy lento. Cuando no hay pérdida de energía por conflicto interno, en cambio, la meditación es más serena y se crece más rápidamente.

Uno debe perderlo todo –todo el ego–, o al menos mucho, para poder transitar el camino interior, puesto que sólo perdiendo es posible luego en correspondencia –ésta es la lógica evangélica– ganar. El camino hacia la iluminación no es un camino de rosas; más bien suele estar trufado de tentaciones y pruebas de todo género, de las que nuestro peregrino va saliendo airoso, aunque a menudo dejándose su piel en ellas.

*

Cuando todo parecía irle estupendamente, cuando por fin había aprendido a orar y estaba a sus anchas en su soledad, disfrutando de una existencia asilvestrada y sin cargas, nuestro peregrino es atacado donde más le duele: le roban la *Filocalia*, es decir, le quitan la clave de su felicidad. Todo lo que vivirá después (el reencuentro con los presos ladrones, la historia de la conversión del capitán, etc.) no es otra cosa que un canto al poder regenerador de la Palabra. Porque ésta es la cuestión: un hombre está alcoholizado y fuera de sí, pero un poco de lectura del evangelio, cuando la tentación acecha, le salva. Unas cuantas palabras verdaderas, cuando la flaqueza es mayor, le devuelven a la vida. La verdad te hace, efectivamente, libre. La palabra es, claramente, si bien bajo ciertas circunstancias, muy eficaz: produce frutos de dignidad, te hace inmensamente cabal, te restituye a lo concreto y al servicio a los demás. ¿Cómo no entender ahora que nuestro peregrino se afanara tanto en recuperar su *Filocalia*, a sabiendas de que le había sido arrebatada la Fuente de su paz?

Según nos cuenta él mismo, el peregrino sufre mucho a lo largo de sus andanzas (le asaltan y apalean, llora toda la noche tras el atraco, no puede pegar ojo, pasa hambre…). Esto demuestra que su comprensión espiritual no es, después de todo, muy profunda, puesto que una de las primeras leyes del camino interior es que sólo nos sucede lo que necesitamos para nuestro crecimiento (si bien el camino se recorre precisamente para adquirir e integrar este conocimiento). Todas las penalidades que le acechan y debe aguantar no son, por tanto, casuales o arbitrarias, sino precisamente correspondientes para su aprendizaje. Habiendo aceptado algo, no hay llanto ni insomnio posibles. Pero él, ¡ay!, con lo bueno que es, no aprende demasiado y se resiste, como prueba que sufra prácticamente hasta el final.

Es importante explicar, llegados a este punto, la cadena descendente que va de la perspectiva o contexto mental a la percepción, y de ésta, en fin, a la experiencia, pues arrojará luz sobre esta delicada cuestión. A mi entender, y atendiendo a los muchos infortunios que deberá soportar, el peregrino empieza y despliega su aventura con una perspectiva mental de la realidad bastante estrecha o limitada. Si la perspectiva determina la percepción –lo que resulta obvio–, y si ésta determina la experiencia –pregunto–, ¿no será lo más inteligente trabajar en la propia perspectiva, que es lo que va luego a permitir que percibamos un evento como un problema o como una oportunidad? Así las cosas, cuanto más correcta sea nuestra perspectiva, menor será el obstáculo que interponga nuestra mente, cuyo oficio habitual es pensar y buscar razones.

¿Qué quiero decir con todo esto? Pues me gustaría insistir en que la vía devocional debe completarse con la cognitiva (el rezo con la lectura, la meditación con la comprensión); y que ambas son llevadas a plenitud por la vía contemplativa, que permite su justa asimilación.

En efecto, plegaria y estudio deben ir de la mano. Sin el estudio, la plegaria no es lo que está llamada a ser. El papel de la lectura y del estudio es conseguir que la mente deje de ser un obstáculo para el crecimiento interior. Cuando finalmente deja de serlo (y en ocasiones esto sucede con independencia de la mucha o poca devoción y/o meditación), la persona se abre naturalmente a lo trasmental. Es entonces cuando comienza el camino propiamente espiritual, quedando todo lo anterior en simples preparativos o prolegómenos.

En este sentido, he de concluir que nuestro peregrino no es un sabio iluminado –como en mis primeras lecturas tendí a pensar–, sino tan sólo un muchacho de unos veinte o treinta años cuyo punto de partida fue su malestar físico, psicológico y social. Necesitaba resolverlo y madurar y, por ello, se convierte en un practicante espiritual de nivel intermedio, digámoslo así. Hay, pues, un toque claramente terapéutico en este libro. Pero, por entrañable que su figura me resulte y por preciosas que sean las vivencias que relata, debo admitir que yo no le escogería como confidente o confesor: no me sentiría comprendido por él, lo que no resta ni un ápice a su virtud.

Debo por todo ello reiterar que el camino de la devoción, que es el que en sustancia se propone en este libro, no es suficiente. Por supuesto que es importante rezar, pero también leer, escribir y dialogar (la vía cognitiva), así como mirarse amorosamente por dentro (la vía contemplativa). Con eso y con todo, la devoción es lo que abre a muchos, quizá a la mayoría, a estas otras dos vías de conocimiento.

*

No por haber tenido una experiencia espiritual intensa y memorable, definitiva incluso, deja uno de estar en este mundo, azotado por toda clase de situaciones complejas ante las que, según qué persona, o incluso qué momento de cada persona, se responderá de una manera u otra. Pensemos en la muerte de un ser querido, por ejemplo. Hay maestros espirituales que no lloran ni siquiera en una coyuntura como ésa, normalmente tan desgarradora; han trascendido sus sentimientos y, sencillamente, ya no experimentan tristeza de ningún género. Esto existe, yo lo he visto. Son personas que han alcanzado una comprensión y sabiduría tales que gozan de una paz imperturbable, independiente de cualquier factor externo. No son insensibles (a quienes no importan los demás y, por ello, no sufren), pero tampoco sensibles (les importan los demás y, por esa razón, sufren cuando ellos sufren). Son transensibles y están —digámoslo así— desensibilizados (les importan los otros, sí, pero ya no sufren por este motivo). Ante las percepciones negativas, al principio tardan cierto tiempo en volver a su centro, pero llega el punto —por eso son maestros— en que ese regreso es automático —no hay secuencialidad— y en el que ningún evento les saca ya de su propio centro. Podrán tener un dolor y estar molestos, por ejemplo, pero nunca por ello fuera de su centro. Les parece perfecto todo lo que Dios dispone; de modo que, tras el entrenamiento, viene el automatismo en el que comprensión, experiencia y actuación son todo uno, siendo capaces de elegir la emoción que estiman más conveniente a cada momento.

Claro que también existen los maestros espirituales que, por el contrario, lloran, y hasta arrebatadamente, ante la pérdida de un ser querido, y ello aun sabiendo que ese ser querido está ya, tras dejar este plano, donde le corresponde y normalmente en una situación mejor. Si no puedes observar tu depresión con amor –dijo Anthony de Mello en una de sus memorables charlas–, entonces no eres un Buda. Para este sacerdote indio, a quien llevo décadas leyendo con devoción, meditar enseña a llorar cuando hay que llorar. En su opinión, la iluminación no coloca al iluminado por encima del bien y del mal, sino que le hace, aun a veces a su pesar, profundamente empático y compasivo.[20]

20. No me resisto a transcribir aquí lo que digo a este respecto en la sección 43 de mi *Biografía de la luz* (Galaxia Gutenberg, Barcelona, 2021, pp. 242-243): «En el pasaje de la resurrección de Lázaro –emblema de procesos de renacimiento interior, pero también más que eso–, hay un contraste en el que sus comentaristas no han insistido lo suficiente: el del Jesús que ante la noticia de la enfermedad de su amigo

6. EL COMBATE CONTRA
LOS DEMONIOS

La siguiente dificultad que el peregrino ruso debe afrontar es el encuentro con el lobo, en donde algunos intérpretes han querido ver el ataque de la gran

---

Lázaro da la impresión de permanecer insensible –hasta el punto de dilatar su visita un par de días–, y el del otro Jesús, quien, por contra, se echa a llorar hasta el sollozo cuando es informado de su defunción. Conmueve este Jesús que se deshace en lágrimas y sorprende, por el contrario, ese otro Jesús –que es el mismo– que se mantiene entero, casi indiferente, ante una noticia tan grave. ¿Qué significa esto? Que Jesús sabe que el mal no tiene verdadero poder sobre este mundo, que sabe que su dominio es sólo relativo y temporal; de ahí que se mantenga tan sereno y ecuánime ante la desgracia de su buen amigo Lázaro. Sabe que, pase lo que pase, no será fatal. Ahora bien, ante el desgarro de Marta y María –sus amigas, deshechas ahora por la pérdida de su hermano–, ante la generalizada desolación que reina en Betania, su lugar de descanso, Jesús, abrumado por la terrible y sucia corriente del mal, que lo emponzoña todo en este mundo, responde con el llanto para así emparejarse con lo que hay. Ese mal ya ha sido vencido por Dios –desde luego–, pero sus secuelas siguen devastando al hombre. Por eso sabe Jesús mantenerse sereno, cual maestro, cuando el mal llama a su puerta; pero también sabe responder con el sentimiento a flor de piel cuando asiste al estrago de sus obras.»

sombra del inconsciente. Nuestro peregrino se defiende con lo que tiene entre manos, que no por casualidad es el rosario: un objeto devocional, o sea, energizado con el poder de la oración, y para más señas mariano, es decir, investido con la energía de la Madre. Esto es lo que le ayuda a hacer frente a la aparición del mal, que tan pronto irrumpe y le ataca como, misteriosamente, se va. Esto es importante. Es como si el peregrino le hubiera hecho un exorcismo, o como si la fiera que todos tenemos dentro nada pudiera, a fin de cuentas, contra quienes han sido colonizados por el Espíritu, aunque del susto por el ataque, ciertamente, nadie se puede librar.

El racionalista se situará ante este episodio como quien lee una fábula, huelga decirlo; pero si el talante del peregrino ha empezado a instalarse ya en nosotros, entonces, más allá de la lectura infantil o milagrera, no podremos entender esto más que como una verdadera alegoría del combate espiritual, sin que eso signifique que deba dudarse por fuerza de su carácter histórico. Digo esto último porque solemos tomar como metáforas muchas realidades que, por muy alegóricas que puedan ser, no dejan también de ser reales. Y lo digo porque casi todos preferimos hablar hoy de fuerzas psicológicas que de demonios, pero eso es sólo porque vivimos en el relato del yo –que es el de la psicología–, no en el de Dios.

Cambiar de relato siempre es fecundo e interesante, pues te ofrece una perspectiva nueva, lo que significa que te saca de tu cómodo lugar habitual y, evidentemente, te desestabiliza. A nadie le agrada desestabilizarse, por supuesto; pero cambiar de paso de vez en cuando es necesario para estar realmente vivo. Todos mis libros, por ejemplo –quiero confesarlo–, son fruto de una desestabilización y han sido escritos para desestabilizar, todos sin excepción. Diría que los *Relatos del peregrino ruso* nos desestabilizan con bastante amabilidad, casi con cortesía. Pero lo cierto es que se trata de un texto que ni a mí ni a muchísimos de sus lectores nos deja en paz, obligándonos permanentemente a nuevas relecturas.

*

Quede, pues, claro que no hay camino espiritual que no esté, de un modo u otro, salpicado de demonios, ¡y pobres de aquellos que no lo sepan! El Cielo será la estación término de la meditación, de acuerdo; pero el infierno es, sin duda, una estación de paso necesaria.

Lo que muchos meditadores principiantes no han comprendido aún es que entrar en el silencio no es sólo entrar en el desierto. Eso, el desierto, es únicamente una de las primeras estaciones. Entrar en la meditación es también, definitivamente, entrar en el infierno; y por eso mismo se trata de una propuesta sólo para temperamentos aguerridos, que estén dispuestos a viajar al corazón de las tinieblas. El infierno no es lo último, desde luego, pero es infierno precisamente porque parece ser lo último. Es eso justamente lo que lo torna tan horrible. El infierno es una trampa de la mente, un estado sin crecimiento en el espíritu.

Es terrible lo que en los infiernos podemos llegar a encontrar, es terrible con lo que de hecho nos encontramos. Pero es necesario pasar por todo eso, por oscuro o espeluznante que nos pueda resultar. Y no sólo es preciso mirarlo a la cara, sino que, al menos en ocasiones, se nos pide beber de ese cáliz hasta el final. En efecto, lo amargo hay que beberlo: también eso nos enseña, a fin de cuentas, el cristianismo. Pero el cáliz hay que beberlo porque sólo así se descubre que amargura y dulzura son en sustancia lo mismo. Sólo así, en ese trago, se accede a experimentar la no dualidad.[21]

21. ¿Cómo leer todo esto de la no dualidad en correlación con la historia de la salvación judeocristiana? Porque lo fascinante del hebraísmo es que lo que plantea es real-

Si no bebemos de ese cáliz o, como se confiesa en la fe cristiana, si Cristo no hubiera muerto por nuestros pecados, no sabríamos que se puede resucitar. Y no habríamos accedido a la gran revelación: que es que cuando el vaso se rompe, es cuando entra la luz. En efecto, cuando un corazón se rompe, saltan las puertas y cerraduras; y es por ahí por donde entra todo, por donde por fin entra todo. ¿Por qué hay que romperse para que entre la vida?, ésa es una buena pregunta. Quizá sea la cuestión a la que el cristianismo quiere responder.

Nuestro peregrino no está todavía, ni mucho menos, en ese punto de madurez, pero ya le queda algo menos: ya ha corrido el riesgo de exponerse al mundo –totalmente desarmado y desnudo–; ya

---

mente el desierto. Ahí no hay un *happy end* posible. ¿Es Abel a la vez Caín? ¿No hay a la postre diferencias? Porque la sangre de Abel, que se vierte en el capítulo 4 del Génesis, llega fresca hasta los veinticuatro sabios del Apocalipsis. ¿Hasta cuándo entonces la sangre de los justos en la tierra? Ésta es, definitivamente, una pregunta legítima. Pero no hay que remitirse sólo al Antiguo Testamento. ¿Qué pasa con Sófocles y Eurípides, o con el suicidio de Medea? ¿Cómo responde la no dualidad al pensamiento trágico? Mi respuesta es –la formularé a modo de aforismo– que no es bueno sufrir, pero sí haber sufrido.

está experimentando las primeras consecuencias de su opción.

Tanto la visión mítica –que cree en la existencia independiente de entidades oscuras o malignas– como la psicológica –que las vincula al inconsciente humano– son, bien miradas, meras interpretaciones desde un determinado paradigma. Más interesante –y sobre todo más práctico– que lo que esos demonios o sombras puedan realmente ser, es saber, en mi opinión, cómo nos influyen y qué hacer para evitarlos. Sin minusvalorar la experiencia de quienes han sufrido las así llamadas posesiones diabólicas, o acaso el influjo de almas desencarnadas perturbadas, he llegado a este respecto a una conclusión de carácter eminentemente pragmático.

Creer en el demonio ha fomentado el temor y, por ello, no ha sido de gran ayuda para el crecimiento espiritual de nadie. Mi razonamiento es muy sencillo y, a mi parecer, incontestable. Primero: ¿quién ha creado al demonio sino Dios? Y, si Dios lo ha creado, tendrá sin duda alguna función en su plan. No sólo: si Dios ama todo lo que crea, ¿no ama también entonces al demonio? Segundo: la rebelión del demonio no puede sorprender a

Dios, puesto que nadie puede hacer nada, ni siquiera el demonio, si Dios no se lo permite. Así las cosas, si ni siquiera el demonio puede impedir que se cumpla la voluntad divina, ¿no resulta absurdo que suscite miedo? Y tercero y último: se mire como se mire, lo más sensato es dejar al demonio en paz. Lo único que realmente puedo hacer con él, de existir, es ser prudente, pero nunca temeroso. También ponerme al servicio de su definitiva liberación, si es que en algún momento me topara con él. Todo esto me hace preguntarme, aunque comprendo que es una mirada que revoluciona la historia de la mística, si no será la llamada noche oscura el resultado de una falta de comprensión espiritual.

Entiendo otros posicionamientos –que suelen obedecer a una mentalidad más medieval que moderna–, pero los estimo menos eficaces, al menos en los casos –y son la mayoría– en que la irrupción del mal no es tan virulenta. Compruebo, además, que dar mucha importancia a la sombra provoca que se intensifique y hasta perpetúe.

No se trata de banalizar, pero sí de relativizar: podemos haber padecido traumas terribles, cierto; pero también podemos –si realmente queremos, ésa es la cuestión– desprendernos definitivamente de ellos. Para liberarse de la sombra, sea ésta cual sea, hay que querer liberarse de ella de verdad, sin componendas: determinarse a poner punto y final a una historia turbulenta, por ejemplo; o a una persistente e incómoda falla en el carácter –otro ejemplo–; a un vicio arraigado, a esa tentación de apariencia insuperable… Cuando la fuerza de voluntad resulta flaca, la causa puede ser doble: o el mal ha campado a sus anchas por nuestra psique durante demasiado tiempo, dejándonos sin capacidad de reacción o dañando incluso la estructura de nuestra personalidad, o –segunda posibilidad– alguna secreta ventaja o contrapartida encontramos en no liberarnos del todo de aquello que tanto nos aflige, siendo así, y es lo más frecuente, que nos convirtamos en nuestras propias víctimas y verdugos al mismo tiempo.

Tiene uno que haber sufrido mucho, normalmente, para llegar al punto en que de veras no se quiera sufrir más. Mientras no se llegue a ese punto de exasperación, mientras no se comprenda que nadie nos hace nada, sino que todo nos lo hacemos nosotros, lo más habitual es que nada haya que hacer, o muy poco, de donde se deduce que el sufrimiento es necesario para el aprendizaje humano, pues sin él no pondríamos en marcha el motor de la transformación personal.

La sombra animal o instintiva que representa el ataque del lobo puede parecer muy agresiva, pero lo cierto es que, al cabo de no mucho, se esfuma. La sombra social, por el contrario, dura más. Acusado de seducir a una alocada jovencita, a quien nuestro peregrino sólo pretendía enseñar a orar, la nueva prueba es la de la difamación. Resulta particularmente lamentable que este infundio se genere sobre una acción honrosa y bienintencionada; pero –como prueba de que ya está totalmente inmerso en el relato de Dios– el peregrino no da importancia a su reputación, lo que no quita que quiera liberarse cuanto antes del interrogatorio al que es sometido por esta causa.

Nuestra herida forja el carácter o, mejor, nuestras limitaciones son la fragua de nuestras posibilidades. Dicho provocadoramente: si tengo heridas es porque me falta comprensión. Con comprensión, se acabó la herida. Lo que hay que comprender es que lo malo no nos lo hacen otras personas, sino nosotros mismos (nuestra necesidad de crecimiento) por medio de otras personas. Cuando por fin estás en la autorresponsabilidad, ya no hay herida que valga. Así que la herida –y esto nos molesta mucho escucharlo– viene siempre del victimismo.[22]

Llama la atención la desafección, casi la impasibilidad, con que el peregrino nos relata aquí su desventura. Es como si ya hubiera alcanzado la comprensión plena. O como si ya estuviera por encima
del bien y del mal, aunque es patente que está siendo presa de la injusticia. Como si todos estos asuntos tan ingratos por los que le tocaba pasar fueran
ciertamente molestos, pero no le afectaran de verdad. Es exactamente así: el sufrimiento es siempre
autorreferencial; pero el peregrino, que aún vive en
este mundo, ya no es de él. Padece las contradicciones y sinsabores de la condición humana, por su

22. Afirma Alfonso María de Ligorio que «todo cuanto acontece, acontece por voluntad divina». Por eso, continúa, «el justo es como el sol: siempre se halla igualmente
sereno ante cualquier acontecimiento, porque su único
contenido es uniformarse con la voluntad divina, y por
eso goza de una paz imperturbable». Y concluye: «De
Dios vienen todos los bienes y los males, esto es, todas las
cosas contrarias a nuestros deseos y que nosotros llamamos falsamente malas, pues en realidad son bienes cuando los recibimos gustosos de su mano soberana». Ver
A. M. Ligorio, *Conformidad con la voluntad de Dios* (traducción de Joaquín Roca y Cornet), Imprenta Pons, Barcelona, 1853, p. 26.

puesto, pero es como si no los padeciese. Disfruta de las alegrías y placeres que comporta lo cotidiano, y le asaltan los sentimientos y emociones más comunes, pero nunca se pierde en ellos: no los atesora, los suelta y pasa a lo siguiente.

*

Y así hasta que llega uno de los momentos cumbre de la narración: cuando, tras ser azotado con saña, admite lo feliz que se siente de que Dios le permita sufrir en su nombre. En lugar de sentirse agraviado por la infamia de la que había sido víctima, el peregrino experimenta… ¡una intensa y desconcertante alegría! No se trata de una exaltación masoquista o de una identificación malsana y hasta perversa con Jesucristo –como argüirían quienes sostienen que la oración constante puede derivar en una neurosis religiosa–, sino de algo mucho más profundo y sencillo, aunque imposible de comprender desde fuera del relato de Dios: que todo lo que nos sucede, todo sin excepción, es para nuestro bien –también las (supuestas) afrentas e injusticias–; y que la voluntad divina se manifiesta, y a veces sobre todo, en lo que no nos gusta. En efecto, aquello que está tiene derecho a estar. Lo que nos parece que no tenía que haber sucedido, a fin de cuentas, sí que tenía que haber sucedido.

No se trata aquí de ensalzar la tortura, sino de comprender que no se cae un cabello de nuestra cabeza (Lc 12, 7), como dice el evangelio, sin que Él lo permita, puesto que todo está dispuesto para el crecimiento de nuestras almas. Las alegrías del peregrino flagelado, que aquí ha encarnado su mantra y que, por ello, se parece en este momento a Cristo más que en ningún otro pasaje, son las de quien ha llegado ya a una gran madurez espiritual. Vive la alegría de los bienaventurados que sufren porque serán consolados, la de los bienaventurados que sufren mientras están ya siendo consolados.

*

Si se parte de la comprensión espiritual correcta, los infortunios son maravillas. Por mi parte, sé que la oración no me va a librar de los infortunios, ciertamente; pero me ayudará a vivirlos con más paz. No me los va a evitar porque, si me los evitara, yo no crecería.

Claro que la gente reza para que no le pasen cosas malas, pero ésa es una oración claramente egoica. A mi entender, podemos meditar y rezar con mucha o poca comprensión espiritual. Con poca, o sin ella, el crecimiento interior es infinitamente más lento; con ella, en cambio, se reza sin interferencias y de manera más eficaz. Entiendo que este planteamiento, así leído, pueda resultar, según qué sensibilidades, demasiado pragmático. Pero, cuando de lo que se trata es de vivir de verdad, no puede uno quedarse en la mera especulación y debe, por el contrario, priorizar lo que realmente ayuda y funciona.

Puedo decir, por lo que a mí se refiere, que prácticamente ya no veo enemigos, con lo que el miedo deja de tener sentido. Tras un largo adiestramiento, mi mente va ya casi siempre al sitio adecuado, suceda lo que suceda. Me pongo enfermo, por ejemplo. Tendré que ejercitar mi paciencia, me digo. Ya me pondré bien. Haré todo lo posible para curarme, por supuesto, es decir, daré al César lo que es del César: acudiré al facultativo, me tomaré las medicinas, guardaré cama (¡qué bien que pueda descansar!), encontraré motivos para poner al mal tiempo buena cara... Es así, en este entrenamiento cognitivo, como uno se va dando cuenta de que ese tiempo no era después de todo, visto en su conjunto, malo, sino perfecto y necesario. Eso es lo que pasa cuando tienes alta la vibración: que desaparecen tus deseos y todo te brinda, inesperada y gratuitamente, un motivo para disfrutar.

*

Paramahansa Yogananda afirma, al hablar de vibraciones altas, que, en la meditación, pueden verse colores, escucharse sonidos y sentir *un gozo siempre renovado* (ésta es una de sus expresiones más frecuentes).[23] Cuando empecé a leer a este maestro, supuse que aquello era, a fin de cuentas, sólo una manera de hablar: simples metáforas o alegorías o, como máximo, que todo eso sería algo que vería y escucharía alguien como él, pero no el común de los mortales. Yogananda, sin embargo, como tantos de los que aseguran haber visto y oído visiones y revelaciones durante su meditación, dice la verdad: ha visto, puede verse: en este mundo de ilusiones o visiones falsas puede ya disfrutarse de la verdadera alegría que sólo da lo real.

23. Ver Paramahansa Yogananda, *Autobiografía de un Yogui*, Penguin Random House, Vergara, Barcelona, 2022 (con un prólogo mío). Al igual que los *Relatos de un peregrino ruso* para los cristianos, para algunos yoguis este libro es a la vez una narración, que relata los episodios más ejemplares de su gurú, y un auténtico compendio de sabiduría ancestral, que da cuenta del camino para la autorrealización.

Yo mismo, sin ir más lejos, como san Pablo cuando fue raptado al tercer cielo sin saber si eso fue con el cuerpo o sin él (2 Cor 12, 2), he escuchado en mi meditación, aunque en contadas ocasiones, esa música inefable y celeste. No podría decir de qué índole era aquella música que me llegó, o cómo estaba compuesta; pero esa melodía era cien mil veces más hermosa, ¡qué digo!, millones de veces más hermosa que cualquier otra, terrenal, que antes hubiera podido escuchar. Todavía más: aquello era la verdadera música, siendo todas las demás que había escuchado hasta entonces simples sucedáneos de la misma. Yo era la música, ¿cómo decirlo? La música y todo lo demás era lo mismo. Era el universo entero en forma de sonido, el sonido del universo que me hacía comprender que yo era eso.[24]

24. Esta experiencia me sucedió durante un retiro en Monte Corona, cerca de Asís, al finalizar el rezo de vísperas. Supe de inmediato que estaba experimentando una disolución o expansión del yo, lo que en el mundo del zen llaman *kensho* o reconocimiento de la propia naturaleza. Tuve la sensación, tan plácida como arrolladora, de fundirme con el canto de la *Salve Regina*, que los monjes de Belén entonaban. Fue como si aquella melodía me llevara consigo, pero no a ella, sino a mí mismo. En aquel instante –oh, milagro– ¡no tenía que hacer nada! ¡Nada en absoluto! Una alegría abrumadora, sin fisuras, tomó posesión de mí

Mi conclusión es esperanzadora y tiene el fundamento de la experiencia: la música de Dios puede escucharse en este mundo. Aquí y ahora puede experimentarse el gozo más completo, si bien esto me ha costado unos cuarenta años llegar a saberlo. Durante varias décadas he tenido que limpiar, con mucha paciencia y no pocos fallos, mis oídos y mi corazón, entrampado en bagatelas de todo género. No eres el mismo si has escuchado esa música o si has visto ese rostro, desde luego; y alguien tiene que decirlo para que el mundo lo sepa. El mundo debe salir del relato en que está si quiere escucharla.

8. EL FANTASMA DE LA MUERTE

La última tentación o prueba que nuestro peregrino debe sortear es, evidentemente, la de la muerte, cuyo fantasma se le presenta en el episodio en que

---

permitiéndome simplemente ser. El amigo que me acompañaba –Riccardo Boschetto, experto meditador– me notó, en cuanto salimos de la iglesia, que algo me había sucedido. Claro que había tenido alguna experiencia parecida con anterioridad; pero, sin que las otras fueran menores, hubo en ésta una tan completa fusión con la totalidad que no recuerdo en las anteriores.

se le congelan las piernas tras caerse a un río helado. Algunas páginas antes, su buen nombre había sido puesto en entredicho por haber sido caritativo con una joven; su supervivencia es amenazada ahora por su afán de ir a misa y comulgar.

Quizá haya todavía quien postule que las dificultades que nuestro personaje padece son el resultado de sus antiguos pecados, pues Dios no deja sin pena ninguna acción errática. Con todo respeto para quien así lo piense, este planteamiento denota una profunda falta de comprensión espiritual y, en definitiva, revela un nivel de consciencia bajo, resultado de una visión mítica. Porque el amor no castiga, sólo enseña. Es normal que a nuestro ego le parezcan castigos los malos tragos que debe afrontar, pero lo cierto es que el karma nunca tiene el espíritu de la punición, sino más bien el de la enseñanza.

Más allá de cualquier idea de justicia kármica, cabe preguntarse cómo es que todas estas adversidades que el pobre peregrino debe atravesar le sobrevienen, misteriosamente, mientras está haciendo el bien. Es como si hubiera algo –algo así como una resistencia maligna y difícil de descifrar– que le impidiera vivir apaciblemente. El peregrino pudiera recordar aquí, a mi entender, al personaje de Job, al que le asaltan todo tipo de desdichas, sin que parezca que haya en él ningún tipo de responsabilidad. Todo un desafío para la teodicea.

Otra posibilidad sería postular que nuestro peregrino sufre aquí no ya las consecuencias de sus faltas (o las de sus antepasados), sino precisamente las de esa campesina devota y atolondrada a la que pretendía ayudar. Ha entrado, noble e incautamente, en el aura negativa que rodeaba a la muchacha y, sin verlo ni desearlo, es arrastrado por ella. Para no verse tan perjudicado por esa influencia negativa, ¿tendría el peregrino que haberse protegido más?, ¿debería haberse recargado energéticamente –por formularlo en el lenguaje contemporáneo– tras cada encuentro con ella? ¿O es que debía haber eludido completamente esa responsabilidad, arguyendo no estar preparado y temer que se le bajase, estando próximo a ella, su energía vibratoria? Quizá sea que los grandes sabios y santos no han venido a este mundo sólo para redimir su propia sombra –se argumentaría desde esta posición–, sino también la de los demás.

En mi opinión, el peregrino sufre en el episodio de la alocada campesina simplemente porque no acepta su destino y porque no acoge como es debido –como regalos en forma de bofetadas– esa maravillosa oportunidad que se le está brindando para trascender su ego. Porque puede participarse del karma de otros, pero no hay por fuerza que sufrir por ello. Más aún: si sufrimos es, en última instancia, porque también es nuestro karma. Prueba de que el peregrino necesitaba esta experiencia es, precisamente, que sufrió por ella.

Por ser la cruz la señal del cristiano, el cristianismo ha tendido a subrayar el sufrimiento humano a tal punto que no son pocos los que han creído que este sufrimiento no era sólo necesario, sino incluso bueno. Cuando Jesús insiste en que cada cual cargue con su cruz, sin embargo, la cruz de la que está hablando es la vida misma, que, por gozosa que en ocasiones pueda ser, siempre resulta también, a fin de cuentas, limitada y caduca. Carga con tu vida, podría haber dicho también; carga con esa vida que es cruz y luz: no la vivas sin lo que eres.

*

En algunos ambientes cristianos sorprende, e incluso molesta, que se utilicen términos ajenos a nuestra tradición, tales como mantra,[25] chacra o, según

25. Probablemente sea el benedictino John Main el primero en dar el paso de sustituir la palabra «jaculatoria» por «mantra», que, ciertamente, no pertenece a la tradición cristiana. Estando de acuerdo con que el trasvase de algu-

190

he hecho poco antes, karma. Cuando se me pone
esta objeción, suelo argüir que tal vez vaya siendo
hora de sustituir, al menos en ciertos contextos, la
palabra cristiano por la de crístico. La diferencia
entre ambos términos es clara: cristiano es quien
pertenece a la religión que se creó a propósito de la
vida y mensaje de Jesús de Nazaret; crístico, en
cambio, quien tiene a Jesucristo como extraordina-

---

nos términos de una tradición a otra no es necesariamente una traición –sino un puente necesario para mostrar su
hermosa afinidad–, quiero dejar constancia de cómo para
Swami Satyananda Saraswati, a quien tengo el privilegio de
conocer, este cambio le resulta discutible. Recojo aquí lo
que me escribió, pues la suya es una sensibilidad que debe
respetarse: «He conocido y tengo amistad con monjes dis-
frazados de swamis, usando nombres hindúes cristianiza-
dos, construyendo templos que imitan la iconografía hindú
y cantando *Hare Krishṭa*. Y todo ello como método de conversión. Espero que esta "inocente" apropiación –se la-
mentaba– no surja de una falsa universalidad, para luego
llevarlo todo a Cristo. […] Recuerdo mis largos diálogos
con Raimon Panikkar –continúa–; tan pronto como surgía
algún tema incómodo sobre el cristianismo, él pasaba a lo
que llamaba "cristianía": su visión idealizada de lo que era
o debía ser el cristianismo. Para mí no sería nada agradable
ver a un monje hindú disfrazado de monje benedictino, lle-
vando a cabo un ritual hindú y llamándolo bautismo o eucaristía».

rio paradigma de la realización humana. Claro que ambas podrían coincidir en la misma persona, como es mi caso.

A menudo he pensado que bastaría con cambiar la pregunta ¿quién fue Jesús?, por la de ¿qué fue Jesús? (es decir, sustituir sólo una palabra) para que toda intolerancia y exclusión, en nombre de la religión, quedara erradicada. Porque difícilmente va a poder un hinduista o un musulmán, por poner un caso, aceptar que un hombre que no es de su cultura encarne la propuesta humana más sublime, mientras que sí suscribiría, en cambio, y seguramente de buena gana, toda esa apertura radical y ese amor ilimitado que Jesús, el Cristo, representa. No tiene ningún sentido que un mensaje de fraternidad universal, como es el de Jesucristo, sea ahora utilizado, y además por quienes aseguran ser sus seguidores, como bandera de separación. Por desgracia, esto es exactamente lo que está pasando; y todo por no aceptar que entre una comunión sin fisuras y la excomunión más excluyente caben todos los grados de vinculación posibles, en los que, obviamente, nos encontramos la inmensa mayoría.

*

Llama la atención en este pasaje –aunque sólo si se está fuera del relato de Dios– que lo que el peregrino decide hacer, ante la preocupante situación de sus piernas, sea simplemente rezar. ¿Cómo rezar?, se preguntaría cualquiera en su sano juicio. ¿Por qué no va al médico?, objetaría la mentalidad racional. ¿Por qué espera tanto para ir en busca de quien pudiera socorrerlo? La diferencia está en que, desde el relato de Dios, se cree verdaderamente en el poder de la oración. El peregrino tenía el firme convencimiento de que Dios existía, que era bueno y que podía curarlo; más aún: lo esperaba verdaderamente. Ora por ello con verdadera fe, no como muchos, que oran sin fe, por contradictorio que esto pueda parecer. Y su oración le funciona, por supuesto que le funciona, pues se siente mejor gracias a ella, aunque no tanto como para, al final, no tener que solicitar ayuda.

No cabe la tristeza crónica si uno es de veras creyente. En este sentido, cabe decir que la fe es el antídoto perfecto contra la depresión.

Nuestra respuesta habitual ante las diversas situaciones que se presentan en la vida, sin embargo, no suele ser acudir a la oración. Lo importante aquí es comprender que rezar es una posibilidad; más aún: que es la respuesta primera del creyente y, en fin, que es una respuesta necesaria y eficaz, puesto que lo que ves en la meditación, si verdaderamente lo ves, lo ves luego en la vida.

También llama poderosamente la atención la insensibilidad, rayana con la crueldad, de todos los que, viendo a ese moribundo ahí, postrado y suplicante, pasan de largo ante él, como si con ellos no fuera la cosa. A quien esto menos sorprende es, curiosamente, al propio peregrino, quien no parece quejarse por ello, limitándose a acoger este hecho silenciosa y resignadamente como un signo más de su destino. Empieza a hacerse a la idea de que va a morir, se encomienda a la Virgen y a los santos, acepta que las cosas están como están; y es entonces cuando aparece su bienhechor, quien le aplica una extraña cura con alquitrán de huesos para, como contraprestación, solicitarle apoyo en la educación de su hijo.

La muerte le ha pasado muy cerca al peregrino, se ha salvado por un pelo. No le había llegado su hora, pero en este episodio ha comprendido, con claridad, que esa hora podría ser en cualquier momento. Está por fin preparado, tras ese definitivo bautismo, para desarrollar su verdadera misión, que será la educación de un muchacho, el hijo del administrador polaco, su bienhechor.

9. CUMPLIR LOS MANDAMIENTOS

El episodio del hijo del administrador me hizo pensar, desde la primera vez que lo leí, en una de mis novelas preferidas: *El juego de los abalorios*, de Hermann Hesse,[26] cuyas páginas finales relatan lo mismo: la formación que un sabio brinda en sus últimos días de vida a un adolescente algo díscolo. En las dos historias se trata de enseñar a un único alumno; y en ambas el precio final de esas lecciones es que el preceptor tendrá que desaparecer. Claro que antes de desaparecer en lo más profundo del lago, en el caso de Hesse (o en los bosques –es ahí donde dejo al protagonista en mi versión), este peregrino-preceptor aprende de su jovencísimo discípulo una importante lección: que, al igual que al muchacho le sirvió la visión de una amenazante vara para adentrarse en su aprendizaje, también a él le había servido encontrarse a lo largo del camino con múltiples contrariedades: el robo y la difamación, la cárcel y la tortura, la enfermedad y la larga convalecencia... Quisiera uno librarse de las varas que toda existencia impone, desde luego; pero parece que esas varas nos son de algún modo

26. H. Hesse, *El juego de los abalorios*, Alianza Editorial, Madrid, 1994.

necesarias, casi imprescindibles. Al menos hasta que, por su medio, aprendemos lo que de otro modo no aprenderíamos.

En la tradición zen, el maestro lleva consigo a menudo, en la sala de meditación, una vara; y no son pocas las escuelas que no dudan de hacer uso de ella si ven a sus discípulos adormilados o ausentes, lejos de la deseada vigilancia. Se trata de un sistema pedagógico que, obviamente, rechina en nuestra mentalidad y sensibilidad contemporáneas, que rechazan cualquier tipo de violencia física. Lo importante en este punto, en cualquier caso, más allá del método coercitivo empleado, es que el peregrino-preceptor consigue reformar para bien el comportamiento de su discípulo por la vía de la devoción. Hay, pues, un vínculo claro y eficaz entre devoción y moral.

*

En la actualidad son muchos los que pretenden ser admitidos en *ashrams*, *sanghas* o escuelas de meditación sin reformar previamente sus comportamientos y actitudes. Todas las tradiciones religiosas insisten, sin embargo, en que el camino de la interioridad es totalmente inútil si la exterioridad está de algún modo desordenada. En efecto, es imposible alcanzar la iluminación o experimentar el *samadhi* si, por poner un ejemplo, al tiempo, en la vida ordinaria, se dedica uno a robar bancos. La mística comporta una ética. El camino de la meditación es para quien tenga su vida moral y afectiva en orden, no para quien todavía necesite ordenarla. Esto no nos gusta oírlo –es evidente–, puesto que preferiríamos que Dios fuera compatible con todo y, en definitiva, porque no queremos probar la disciplina de la vara.

Curiosamente, hoy se habla muy poco en las iglesias, y mucho menos en las escuelas de meditación, de cumplir los mandamientos. Pero amar a Dios... ¡es cumplir los mandamientos! ¿Qué es la práctica de los preceptos, después de todo, sino la manifestación fáctica y biográfica del amor y la justicia divinos? El resultado de violarlos es, inevitablemente, la turbulencia en las relaciones, la consecuente pérdida de la paz interior y, en definitiva, que se experimenta el sabor amargo de la vara. ¿Cómo es que aspiras a unirte a Él, o a conocerte a ti mismo –por decirlo en versión laica–, si ni siquiera cumples lo más elemental que rige la convivencia humana y que regula la relación con Dios? Si no te desvías de su cumplimiento, estás en armonía con Dios –millones de creyentes y practicantes lo atestiguan–; y si lo haces... ¡te llevan los demonios! Los demonios, sí. Diré una palabra sobre ellos.

Vivimos estresados, incapaces de parar, histéricos o deprimidos, desplazándonos de aquí para allá sin ton ni son sólo –ésta es mi tesis– porque no cumplimos los mandamientos, o porque no estamos alineados con el amor –quizá nos guste más esta segunda formulación. Buscamos el paraíso en el sexo o en las drogas, o incluso en el hogar o en la pareja, buscando acallar nuestro desasosiego estructural, nuestra permanente turbación. Nos emborrachamos y aturdimos, nos ponemos ciegos, atiborrándonos de comida y de alcohol, o viendo una serie tras otra... porque hemos dejado de creer en Dios. Así es: al no creer en Dios, sobrecargamos todo lo demás con enormes expectativas; y quien siembra una expectativa –como todos sabemos por experiencia– cosecha una desilusión. Rompemos nuestros matrimonios, abandonamos nuestros empleos, cambiamos de ciudad, de país, de religión... No hay nada que hacer: no hay psicólogo que pueda poner remedio a esta exasperación, a este frenesí. No se ha inventado la técnica de *mindfulness* que pueda aportarnos una salida o, al menos, un alivio duradero y eficiente. Sólo hay una causa: nos falta Dios, hemos de volver a los mandamientos. ¿Cuáles?

1.º Pon a Dios en primer lugar. No te olvides de Él, no seas agnóstico o ateo. 2.º No tomes el nombre de Dios en vano. No vivas a la ligera, no insultes la realidad. 3.º Santifica las fiestas. No dejes el culto, no dejes de cultivarte. 4.º Honra a tu padre y a tu madre. No olvides tu pasado. Repasa con regularidad la herencia paterna y materna que llevas contigo, reproduciéndola a menudo fatalmente. 5.º No mates. Cuida a los seres vivos y el medioambiente. Atiende periódicamente a un niño, a un anciano, a un animal doméstico, a una planta. 6.º No practiques una sexualidad dañina. No mires a nadie con deseo de posesión, ten recato. Comprende que tu pareja, si la tienes, es sobre todo tu cómplice espiritual. 7.º No robes. Sé generoso, abundante, no pactes con diferencias injustificadas. 8.º No mientas. Di la verdad con caridad –pues sin ella no es verdad–, y habla sin ambivalencia; habla menos en lo posible, no malgastes tantas palabras. 9.º No consientas pensamientos ni deseos impuros. No intoxiques tu mente con lecturas o imágenes perniciosas, no comas basura. 10.º No codicies los bienes ajenos. No desees ser otro.

Pon todo esto en práctica lo antes posible. No es difícil, sólo hay que hacerlo. Para llegar a la sabiduría hay que pasar por la meditación; pero para llegar a la meditación hay que pasar antes por los preceptos. Primero se trata de ser bueno –lo que se llama perfeccionar el ego–, y sólo luego, sabio –lo que se llama trascenderlo. No se puede trascender un ego no virtuoso o perfeccionado, puesto que, antes o después, te reclamaría mucha energía.

Subrayo esta cuestión porque la filosofía cristiana ha exhortado siempre a la perfección del ego –el camino de la virtud–, pero no tanto a su trascendencia. El camino a la sabiduría pasa normalmente por la santidad; y si hay algún sabio que no sea santo, pronto se sabrá que su sabiduría no era finalmente tanta.

Cuento con que haya quien tache todo esto de reaccionario. Pero –y lo pregunto de veras–, ¿por qué no, en vez de reprobar o elogiar, lo experimentamos? Haz la prueba: honra a tus padres, no te ensucies la boca con mentiras, pon a Dios sobre todas las cosas, ama a tu prójimo como a ti mismo... ¿De veras crees que no va a funcionar? Va a funcionar, va a funcionar en muy poco tiempo; y en el fondo de tu corazón lo sabes perfectamente. Es sólo que te has enamorado de tu sombra y que ya no te imaginas sin ella; es sólo que te resulta más cómodo culpar de todos tus males a la sociedad.

*

Nuestro peregrino es un hombre bueno y piadoso, las dos cosas van para él juntas. Quizá sea también un contemplativo, y hasta un místico; pero eso es el premio, la consecuencia. Lo básico en él, lo primordial, es que fue una persona muy devota, muy religiosa. Todo lo demás es el resultado de este punto de partida. Así que, se trata de hacer caso de lo que nos dijeron de niños: si somos buenos, descubrimos que somos la bondad.

Entre otras muchas prácticas, el catolicismo ofrece el sacramento de la confesión, que sirve de gran ayuda –doy fe de ello– para el crecimiento moral, sin el que no puede ni atisbarse el propiamente espiritual. No es sensato sobrecargar la experiencia de la culpa insistiendo en el pecado, eso desde luego –y eso se ha hecho con lamentable frecuencia a propósito de este sacramento–; pero tampoco parece razonable eliminar sin más esta palabra del vocabulario y, con ello, negarse a ver sus nocivas consecuencias. Porque lo cierto es que pecamos, es decir, que erramos el tiro; de ahí que algunos prefiramos referirnos al pecado con el término error, para así evitar que se asocie con la ofensa y el castigo.[27] En esos casos –siempre comprensi-

27. A este respecto decía Swami Vivekananda: «Vosotros, divinidades en la Tierra, ¿pecadores? Es una gran falta

bles–, lo más aconsejable es, en mi opinión, poner en funcionamiento más la autorresponsabilidad que la culpa, que siempre está en el pasado. Porque no parece lógico arrepentirse de lo que necesitamos para crecer.

La negación del pecado, en cualquier caso, es debida, probablemente, a la sospecha de que, si no todo termina aquí, lo que no hacemos bien tendrá sin duda sus desagradables consecuencias. Porque es totalmente imposible creer que la vida continúa tras nuestra existencia histórica y no dar importancia a nuestros actos. Así que, si todo no termina aquí, lo que hacemos –qué duda cabe– pesa más.

El resultado de cumplir los mandamientos, en cambio, es el sentimiento de paz interior; y el resultado de confesar que los hemos quebrantado es también la paz interior. Esta paz es el resultado, en última instancia, de haber comprendido que todo ocurre por ley; y de haberse alineado, tras un periodo de confusión, con esa ley del amor y –lo llamemos como lo llamemos– con su Hacedor.

---

llamar a un hombre así. Es una difamación permanente de la naturaleza humana. ¡Levantaos, leones! Desechad la ilusión de que sois corderos; sois almas inmortales, espíritus libres, benditos y eternos».

Para muchos ha sido precisamente la búsqueda espiritual en general y la práctica meditativa en particular lo que les ha hecho descubrir, con el discurrir del tiempo, que los actos tienen consecuencias y que es sensato examinar los frutos de nuestras acciones. Pero que es importante ordenar ética y afectivamente nuestra vida no hace falta que nos lo revele la meditación. Es más razonable aprovechar las prácticas contemplativas para lo que realmente han sido pensadas: para entrar en el relato de Dios y para ver por todas partes, y siempre con mayor brillo, su esplendor.

Quien así vive, caminando –por decirlo como lo dice la Biblia– en la Ley del Señor, descubre algo que resulta inconcebible para quien no está en esa situación: que nuestros deseos son órdenes para el universo; que basta necesitar algo y pedirlo, o incluso sin pedirlo, sólo con desearlo, para que la vida nos lo ponga delante. La vida no puede más que darte lo que realmente necesitas. Pero debes estar alineado con el Amor para que esto te suceda y para que te des cuenta.

El administrador polaco lleva al peregrino a su hijo, éste le conduce a la mujer del juez, ésta a su marido y, por fin, nuestro protagonista se encuentra con la familia en la que se produce, durante una cena, el incidente de la espina. Aunque de apariencia anecdótica, este episodio es muy revelador, pues muestra cómo el peregrino es capaz en esa circunstancia de conectar interiormente con su maestro, para así realizar el milagro de la curación.

Lo que aquí se está contando es que nuestro piadoso caminante no es ya simplemente un loco trovador que va por los caminos de Dios, alabando a su Señor, sino un magnífico preceptor, con probados resultados, y, según parece, también un eficiente curandero. Ahora es alguien que irradia y transmite sanación. Por muy naif que esta escena pueda resultar, no puede extrañar que, visto lo visto, los presentes se postren ante el peregrino, que quieran lavarle los pies y que todos le miren como al profeta en que se ha convertido a su pesar.

¿Y qué hace entonces nuestro hombre? Huye. Se escapa. Casi se diría que le falta amor al prójimo y que anda ensimismado en su espiritualidad. Se aleja de las pompas y los honores de este mundo

–pues intuye sus peligros– y, movido por esa urgencia, se refugia en los bosques, una metáfora de Dios mismo.

Nadie duda de que el retiro o ruptura con el estilo de vida habitual sea necesario en las primeras etapas del camino, cuando se empieza con la vida de oración. Es claro que entonces debe uno alejarse de lo mundano para así evitar las malas influencias de lo antiguo y poder elaborar e integrar lo nuevo. Pero la trascendencia del ego no se lleva a cabo, ciertamente, en el aislamiento, sino en los atascos de tráfico, por ejemplo, cuando un impaciente te toca el claxon y estás invitado a entrenarte en la no reactividad. De hecho, tras un largo periodo inicial de práctica en su cabaña, el peregrino se lanza a los caminos, donde se le ofrecen mil y una ocasiones para consolidar ese estado trans-mental en el que se ha ido iniciando bajo la guía de su maestro.

Al mundo siempre se debe volver, aunque sólo sea para expresar en él aquello en lo que nos hemos convertido. Claro que para seguir creciendo necesitamos momentos a solas con las dimensiones superiores, para recibir de ellas la necesaria información y aumentar así nuestra comprensión espiritual, nuestro abandono a la voluntad divina y, en fin, nuestra unión con Dios.

Uno de los rasgos más llamativos de la personalidad del peregrino ruso es que nunca duda, tampoco aquí. A lo largo de sus peripecias, tuvo muchas ocasiones para plantearse qué era lo mejor y qué alternativa seguir: ¿Debía aceptar ser el preceptor de aquel chico?, por ejemplo. ¿Qué sería de él si no le sacaban del cuartelillo en el que tan injustamente había sido encerrado?, otro ejemplo. ¿Debería hablar con su hermano para que recapacitase y enmendara sus fechorías?, otro más. Pero de todo esto no hay en esta historia ni una palabra. Nada de lo que se cuenta en este libro está sólo en la mente de su protagonista. Todo lo que leemos son hechos límpidos y desnudos. Todo sucede más allá de cualquier juicio. Por eso, precisamente, es tan hermoso: porque nada ha sido ensuciado con el pensamiento y porque todo ha sido acogido con la pureza de lo real.

El peregrino no duda sobre qué camino tomar, pero sí que llora cuando ve que le toman por un santo, consciente como era de lo mucho que le quedaba para alcanzar la santidad. Al apartarse de toda aquella buena gente, no está siendo víctima de sus escrúpulos: desea volver a la soledad porque se da cuenta de la enorme desproporción que existe entre cómo le están mirando y lo que él es realmente. Quedarse allí habría supuesto, seguramente, el punto final en su camino interior, dado que pocas cosas hay más embriagadoras y, en consecuencia, peligrosas que el éxito, pues engendra ambición.

Así que el peregrino, que aún no había conseguido que su mente no se moviera ni con la crítica ni con el halago, huye como un ladrón en la noche. Huye, huye…; aunque quizá habría que decir mejor entra, entra: entra en el corazón de Dios, que para él se esconde en su soledad. Se entrega sólo a Él, se refugia en el silencio y desaparece en la oscuridad, dejando tras de sí, como una estela, un rastro de luz.

¡Ahora que este hombre podía empezar a hacer tantas cosas buenas, derramando su experiencia mística en el prójimo!, protestará seguramente más de uno. ¡Ahora que por fin empezaba a enseñar y a curar, tras tantos años de entrenamiento! La cima del camino espiritual, sin embargo, no es la enseñanza ni la sanación –por altas que puedan ser estas misiones–, sino la silenciosa y amorosa unión con el misterio inefable. A esa estación término, de un modo u otro, estamos todos llamados.

No puedo terminar este breve ensayo sin una apretada síntesis de las principales leyes o enseñanzas espirituales que nos ofrece el peregrino ruso. Utilizaré la forma del decálogo.

Primera. Escucha y ponte en camino. Nadie puede dar lo que no tiene, así que la aventura interior comienza con la capacidad de apertura y acogida. Es preciso estar muy abierto al aprendizaje y, sobre todo, irse desprendiendo de todo prejuicio. Si de veras escuchamos, no podemos por menos de ponernos en camino; y si nos ponemos en camino, el camino se hace en nosotros. Sólo hemos de preocuparnos por estar ahí, lo demás se nos dará por añadidura (Mt 6, 33). Si te ocupas de las cosas de Dios, Él se ocupa de las tuyas. Tal cual.

Segunda. Busca y encuentra un maestro, no puedes recorrer la senda tú solo. Al igual que no venimos a este mundo por nosotros mismos, sino porque una madre y un padre nos traen a él, así ingresamos en la Vida –con mayúscula– por mediación de un maestro o maestra, lo que nos otorga una tradición concreta, un estilo determinado, una estela. Como se ha dicho tantas veces, el maestro aparece cuando el discípulo está preparado. Tu verdadero maestro es aquel que marca un antes y un después en tus hábitos; y es por eso, precisamente, como puedes reconocerlo. Podrás tener con él afinidad afectiva o intelectual o no, eso no importa. Lo decisivo es que en su presencia sientes paz, amor y alegría; y que te impulsa a ser mejor.

Tercera. Obedece las pautas que tu maestro te proponga con buen ánimo y fidelidad, sigue la disciplina. Dale un voto de confianza –aunque sólo sea durante unos meses– para así verificar la eficacia de sus enseñanzas. La obediencia es la expresión más perfecta de la humildad; y la humildad es el punto de partida y de llegada en el camino espiritual. No te quedes en las técnicas, pero sé riguroso con ellas. Y apunta siempre al fondo de las cosas, que es el amor. Eres Cristo, o Buda, si amas al prójimo como a ti mismo. Ten confianza: puedes ser Cristo, puedes ser Buda; lo eres en verdad, aunque no lo sepas.

Cuarta. Entra en una nueva perspectiva, en una forma diferente de ver a Dios, al mundo y a ti mismo. Comprende que la visión materialista, en la que probablemente has sido educado, está equivocada. Es el Espíritu de la Vida quien lo sostiene todo. Accedes a la conciencia de esa energía vital gracias al cultivo de la atención, que entrenas en la meditación y en los quehaceres de la vida cotidiana, pues ninguna actividad es en sí misma mejor que otra.

Quinta. Date cuenta de que todo obstáculo es necesario para tu aprendizaje y de cómo, si sufres por su causa, es porque necesitas pasar por ahí. Date cuenta también de que todos esos obstáculos no son, en realidad, impedimentos para hacer el camino, sino el camino mismo. Piensa que cualquier sufrimiento que te sobrevenga es emocional, físico o senti-mental, pero que tú estás llamado a una vida espiritual.

Sexta. Mira breve y amorosamente cualquier pensamiento nocivo o emoción malsana en cuanto te asalte o sobrevenga. Brevemente, porque las tinieblas son peligrosas, y te arrastran a su territorio si permaneces demasiado tiempo en ellas. Amorosamente, porque sólo es el amor, en definitiva, lo que nos sana. Sustituye lo oscuro con lo luminoso: tal vez mediante una afirmación positiva, o con una jaculatoria, o por medio de una simple respiración consciente que te conecte con tu corazón.

Séptima. Mantente sereno pase lo que pase. Para ello, piensa que siempre sucede lo que conviene y, en ese sentido, aunque a veces pueda no parecerlo, lo mejor. Respeta todo lo que suceda en el exterior, sin, de entrada, reaccionar o intervenir. Autorresponsabilízate de todo lo que sientas por dentro, comprendiendo que sólo es cosa tuya. Acepta que nada es bueno o malo, sino que todo está bien como está, aunque siempre en su determinado nivel de evolución. Con el tiempo –menos del que imaginas– comprenderás que absolutamente todo es para bien.

Octava. Comprende que la muerte no existe, puesto que la vida es inmortal. Percibe que a cada instante morimos a lo que no somos, pero que lo que en el fondo somos permanece inalterable. Si frecuentas ese fondo del ser –más allá de las formas–, si te habitúas a estar en él, puedes perfectamente vivir en paz y degustar la plenitud. No seas tonto y te ensoberbezcas por haber llegado hasta este punto.

Novena. Cumple los preceptos,[28] que son como nuestra segunda naturaleza. Si vives confor-

28. Esto de cumplir los preceptos tendría que ir antes en esta lista, es obvio; pero, con frecuencia, es biográficamente posterior, puesto que la ética es en ocasiones... ¡el gran descubrimiento de una vida ascética y mística! En efecto, es orando y meditando como se comprende que la oración lleva al bien y que el bien, vivido en consciencia, conduce necesariamente a la oración. Así las cosas, los mandamientos, que deberían ser un punto de partida, se convierten a menudo en uno de llegada. Lo que uno descubre al final es que... ¡tenía que haber hecho caso a lo que le

me a un código moral claro y preciso comprobarás cómo la vida te sonríe, pues todo lo que ves fuera es un espejo perfecto de lo que tienes dentro.

DÉCIMA. Dedica tu tiempo a Dios y ama a tus semejantes como a ti mismo, porque eres tú mismo. Siente cómo el alma es el deseo de hacer el bien, y disfruta del hecho de vivir para crecer y servir.

*

«Se encuentran Caín y Abel milenios después del Edén. ¿Qué tal estás?, le pregunta Abel a Caín. ¿No te acuerdas de que te maté?, le responde éste. No –contesta el primero–, pero me acuerdo de que eres mi hermano.» A mi entender, ninguna historia resume mejor que ésta en qué consiste el camino espiritual. Se trata de un cuento de Borges, titulado *Leyenda*,[29] que en algunas de mis alocuciones me

---

inculcaron de niño! Cumplir los mandamientos no es entonces el resultado de un acto de fe, o de sometimiento de la voluntad, sino la consecuencia de un trabajoso entrenamiento en la integración neuronal de unos contenidos de verdad.

29. J. L. Borges, *Elogio de la sombra*, en *Obras completas*, 2.º volumen (1952-1972), Emecé, Buenos Aires, 1989. «Abel y Caín se encontraron después de la muerte de Abel.

he permitido versionar. Porque, quien cultiva la luz, lo que termina por descubrir es que sólo ella existe (la fraternidad), quedando cancelado todo lo demás (el asesinato). Dicho en palabras más poéticas: *Las nubes pasan, pero el cielo permanece.* Ésa es la estación término de una vida en el Espíritu.

Para mí no existe mejor regalo que un libro escrito con sabiduría y amor. *Los ojos del hermano eterno*, de Stefan Zweig,[30] por poner un ejemplo; o

---

Caminaban por el desierto y se reconocieron desde lejos, porque los dos eran muy altos. Los hermanos se sentaron en la tierra, hicieron un fuego y comieron. Guardaban silencio, a la manera de la gente cansada cuando declina el día. En el cielo asomaba alguna estrella, que aún no había recibido su nombre. A la luz de las llamas, Caín advirtió en la frente de Abel la marca de la piedra y dejó caer el pan que estaba por llevarse a la boca y pidió que le fuera perdonado su crimen.

"Abel contestó:

"–¿Tú me has matado o yo te he matado? Ya no recuerdo; aquí estamos juntos como antes.

"–Ahora sé que en verdad me has perdonado –dijo Caín–, porque olvidar es perdonar. Yo trataré también de olvidar.

"Abel dijo despacio:

"–Así es. Mientras dura el remordimiento dura la culpa.»

30. S. Zweig, *Los ojos del hermano eterno*, Editorial Juventud, Barcelona, 1994.

Tentación, de János Székely,[31] otro ejemplo; o
Stoner, de John Williams[32] –quizá la novela que más
veces he recomendado–, han sido para mí tesoros
inconmensurables, como también, aunque en otro
orden, los aforismos de *Marcas en el camino*,
de Dag Hammarskjöld;[33] *El canto del pájaro*, de
Anthony de Mello,[34] y la *Introducción a la vida
angélica*, de mi abuelo, Eugenio d'Ors,[35] a quien cito
aquí para contribuir a que finalmente se le haga justicia. Mi versión de los *Relatos del peregrino ruso*,
al igual que este *Breve ensayo sobre la devoción*
que le sigue, los publico –es obvio– confiando en
suscitar en algún lector algo parecido a lo que estos
autores y sus libros despertaron en su momento en
mí. También para ofrecer –quizá sea una pretensión
excesiva– el libro con el que yo habría querido

31. J. Székely, *Tentación* (traducción de Mária Szijj),
Random House Mondadori, Debolsillo, Barcelona, 2007.

32. J. Williams, *Stoner* (traducción de Antonio Díez
Fernández), Ediciones de Baile del Sol, Tenerife, 2012.

33. D. Hammarskjöld, *Marcas en el camino* (introducción de Carlo Ossola), Trotta, Madrid, 2009.

34. A. de Mello, *El canto del pájaro* (traducción de
Jesús García-Abril Pérez), Sal Terrae, Bilbao, 2015.

35. E. d'Ors, *Introducción a la vida angélica. Cartas a
una soledad*. Edición de José Jiménez, Tecnos, Colección
Metrópolis, Madrid, 1986.

encontrarme cuando tenía veinte años y empezaba mi camino.

Quiero mostrar con ello, principalmente, cómo la experiencia espiritual es en esencia la misma en cualquier época y lugar. Aunque muchos no quieran ni oírlo, esto significa que la vivencia interior de los místicos cristianos es sustancialmente la misma que la de los místicos sufíes, la de los yoguis del Himalaya o la de los budistas iluminados, por sólo poner algunos ejemplos. Pero también apunta a cómo, entre la experiencia interior de Pablo de Tarso, Agustín de Hipona, Ignacio de Loyola o Charles de Foucauld –y me limito a citar a cuatro titanes de la fe–, no hay tampoco, en sustancia, tantas diferencias. Esto es importante porque es el fundamento de un auténtico diálogo interreligioso y porque permite que un místico de hoy pueda sentir a un místico de cualquier pasado, sea de su tradición o de otra, como a un verdadero hermano. Ciertamente, en el mundo del espíritu no hay fronteras, la ausencia de fronteras es lo propiamente espiritual.

La inclusión como criterio de verdad rige lo que llamo «meditación integral». Esta expresión recoge lo fundamental de mi propuesta por lo que al crecimiento personal y al cultivo de la interioridad se refiere. «Meditación» porque es en el contexto del

ejercicio de quietud y silenciamiento que llamamos
meditación donde se realiza. E «integral» en un doble sentido. Primero: porque propongo que se inte-
gre toda la sabiduría que se refiera al autoconocimiento de otras tradiciones espirituales en la propia
tradición madre –en mi caso el cristianismo. Dicho
más sencillamente: todo lo que haya de verdad, belleza y bien en la humanidad, venga de donde venga, me interesa y puede enriquecer mi propio punto
de vista. Y segundo: porque propongo que el trabajo interior, propio de la meditación, abarque todas
las dimensiones del ser humano, a saber, la corporal, la emocional, la cognitiva y la contemplativa.
Este *Breve ensayo sobre la devoción* ha sido escrito
–es evidente– desde esta perspectiva, y es así como
se descubre hasta qué punto la verdadera espiritualidad no tiene fronteras. Más aún: que lo propio de
la espiritualidad es incluir respetuosamente las
fronteras y particularidades de cada cual, pero también trascenderlas.[36]

36. Este planteamiento de la meditación integral tiene
claramente al menos dos polos: qué se integra (y ahí esta-
rían el conocimiento y las prácticas de las tradiciones ajenas) y dónde (en la propia). A este propósito, quiero transcribir aquí lo que al respecto me escribió Swami Satyananda
Saraswati, a quien siento muy cerca:

*

El atractivo que los *Relatos del peregrino ruso* sigue suscitando hoy en tantos lectores –pese a lo lejos que ya nos queda en tiempo y espacio– radica, sin duda, en la personalidad de su protagonista, un enamorado de Dios, sin Quien no se concibe. Quizá haya quien lo tache de ser un tipo cándido o simplón –alguien parecido al famoso personaje del soldado Švejk, pero en bueno–; o algo así como un nuevo idiota, al estilo del conocido protagonista de Dostoyevski. Pero eso sería un error: nuestro pere-

---

«Cada tradición, si sigue viva, y si aún tiene en ella la luz de sus *staretz*, mahatmas, monjes, swamis, sabios, devotos o yoguis, será actualizada de forma natural y armónica. La Divinidad se expresa de forma especial y única a través del sabio contemplativo o del devoto entregado. Es así como las tradiciones siguen vivas. Actualizar una tradición adaptando o integrando en ella la sabiduría y técnicas de otra es algo, ciertamente, delicado.

»Observo una tendencia –muy en la línea de lo que ocurre o se promueve a nivel geopolítico en el mundo en general– a querer conducir los distintos caminos espirituales hacia una única religión universal. ¡El logro masónico por excelencia! Un gobierno, una humanidad, una religión: una tiranía.

»En el orden natural del cosmos, la diversidad es la norma y el orden es la variedad. Los seres humanos somos

grino no es ni mucho menos un estúpido o si tiene
una discapacidad intelectual, sino más bien uno de
esos locos de Dios que, por estar liberados del peso
de la aprobación social, podrían asociarse con aquellos a los que en cierta ocasión alabó el propio Jesús,
asegurando que sólo a quienes son como ellos, sabios y sencillos, pertenece el Reino de los Cielos.

Lo más probable es que quienes leamos ahora
las andanzas de este campesino ruso no nos identi-
fiquemos ni con sus tribulaciones, ajenas a nuestra
ajetreada vida, ni con su temperamento, acaso demasiado ingenuo para nuestra refinada sensibilidad. Porque todos nosotros somos, seguramente,

---

diferentes, así como lo son los países, religiones, mentes y
capacidades de cada cual. La madre naturaleza no ama,
ciertamente, la igualdad. Cada roble que puedo ver ahora
mismo por la ventana es distinto y único.

»Por delicado que este asunto sea, para simplificar diría
que no creo que podamos renovar el hinduismo incluyendo
en él a Cristo, ni el cristianismo incluyendo en él la meditación zen –que, por cierto, no tiene necesidad de ningún salvador o mesías. Esto sería un simple corta y pega al estilo
del *New Age*.»

Estando muy de acuerdo con todo lo anterior, para mí
es capital respetar las tradiciones sagradas, pero sin olvidar
que esas tradiciones, por sacrosantas que sean, están al servicio del ser humano y no éste al servicio de aquéllas.

bastante más complejos, y mucho más turbulentas
–podría jurarlo– las pequeñas historias que protagonizamos. Sin embargo, si este personaje llega a
tocarnos, es porque en el fondo aunque sea muy
en el fondo..., ¡nos parecemos a él! Sí, sí, también
nosotros sabemos, o al menos lo intuimos, que la
oración es, a fin de cuentas, lo más importante de
todo. También nosotros peregrinamos, cada cual
en sus circunstancias, en busca de lo más genuino.
Y también nosotros, aprendices de místicos y de
poetas, intuimos que lo sustancial se juega dentro y
que, en consecuencia, la plenitud a que aspiramos
está aquí y ahora. Es mi deseo que este pequeño libro sea para muchos, como lo ha sido para mí, una
puerta, modesta pero rotunda, a ese reino interior
donde nos espera lo que realmente somos.

11 de mayo de 2024

Epílogo

Recuerdo la primera voltereta que di sobre una colchoneta, estando en una clase de gimnasia en el colegio. Estaba dichoso con aquello que había hecho mi cuerpo y que, durante eternos segundos, me hizo sentir de maravilla. En aquel instante (tendría unos cuatro o cinco años, no más) yo era un iluminado sin saberlo. Luego me volví y vi el rostro de mi profesora, así como el de mis compañeros, y, orgulloso por mi hazaña, di una segunda voltereta. Pero en esta ocasión fue para que ellos me vieran y, evidentemente, no hubo comparación. Aquella segunda voltereta no me reportó ni la mitad de dicha que la primera. Empecé a necesitar de la aprobación ajena y, a partir de aquel instante, la sabiduría —y sobre todo la dicha que le iba aneja— se esfumó.

Cuando me siento a meditar en silencio y quietud me acuerdo a menudo del niño que yo era y que dio aquella voltereta antes de que me importara la opinión ajena, esa tiranía.

Agradecimientos

Sin el testimonio y enseñanzas de mis maestros espirituales, yo no sería en absoluto quien he llegado a ser, de modo que doy las gracias, en primer lugar, a Franz Jalics, jesuita, de quien recibí la transmisión; pero también a Elmar Salmann, teólogo benedictino, y a Antonio S. Orantos, filósofo claretiano, quienes me abrieron el Camino.

Durante estos últimos años me he relacionado también con otros maestros, amigos ya todos ellos, cuyas valiosas aportaciones han enriquecido mi escritura y reflexión. Destaco en particular a Gonzalo Rodríguez-Fraile, por su convincente información sobre la filosofía perenne; a Swami Satyananda Saraswati, por los veinticinco años que vivió a los pies del monte Arunachala, lo que aporta a su silencio, del que disfruté en su *ashram*, el perfume del vedanta; a Ben Diez Baruj, sacerdote zen, por la vía del koan en que me inició con fraterna pedagogía; a la catedrática de literatura española y comparada Luce López-Baralt, por sus agudas observaciones sobre el fenómeno místico; al orientalista Gustavo Plaza, por introducirme en el kriya yoga y, en general, en las doctrinas y prácticas de Paramahansa Yogananda, por quien mi admiración es creciente; y, en fin, a Víctor Herrero de Miguel, biblista y capuchino, quien, como todos los anteriores, leyó «devotamente» mi manuscrito (la expresión es suya), aportándome un sinfín de matices filológicos y teológicos. Sin todos ellos, puedo asegurar que este *Breve ensayo sobre la devoción* sencillamente no habría sido posible.

Debo mencionar, además, a otras tantas personas que han estado cerca de mí durante los nueve meses que tardé en escribir mi versión y comentarios, en particular a Juan del Santo, actor, que fue quien me encomendó la adaptación teatral de *El peregrino ruso;* a mis hermanos Mauricio y Luis, diseñador gráfico y director de escena respectivamente, mis primeros, y como siempre implacables, lectores; a Leticia Ortega, mi asistente y secretaria; a Joan Tarrida, mi editor, y, en fin, a ese puñado de amigos que hacen que mi vida sea más dichosa. A todos ellos, y en especial a los Amigos del Desierto y a los monjes del Tabor, mi amistad y agradecimiento más sinceros.

El autor

Índice

EL PEREGRINO RUSO,
versión de Pablo d'Ors

Breve ensayo sobre la
DEVOCIÓN

Este libro se publicó
el 11 de febrero de 2025,
en el undécimo aniversario
de la fundación de
Amigos del Desierto.